現代女性作家読本 ①

川上弘美

HIROMI KAWAKAMI

原　善　編

鼎書房

はじめに

二〇〇一年に、中国で、日本と中国の現代作家各十人ずつを収めた『中日女作家新作大系』（中国文聯出版）全二十巻が刊行されました。その日本方陣（日本側のシリーズ）に収められた十人の作家は、いずれも現代の日本を代表する作家であり、卒業論文などの対象にもなりつつありますが、同時代の、しかも旺盛な活躍を続けている作家であるが故に、その論評が纏められるようなことはなかなかありません。

そこで、日本方陣の日本側編集委員を務めた五人は、たとえ小さくとも、彼女たちを対象にした論考の最初の集成となるような本を纏めてみようと、現代女性作家の読本シリーズを企画した次第です。

短い論稿ということでかえって書きにくい依頼にお応えいただいた、シリーズ全体では延べ三〇〇人を超える執筆者の皆様に感謝申し上げるとともに、企画から刊行まで時間がかかってしまったこともあって、早くから稿をお寄せいただいた方に大変ご迷惑をおかけしてしまいましたことをお詫び申し上げます。

『中日女作家新作大系』に付された解説を再録した他は、すべて書き下ろしで構成していることに加え、若手の研究者にも多数参加して貰うことで、柔軟で刺激的な論稿を集められた本シリーズが、対象の当該女性作家研究にとどまらず、現代文学研究全体への新たな地平を切り拓くことの一助になれればと願っております。

現代女性作家読本編者一同

目次

はじめに――3
川上弘美の文学世界――原　善・8
『物語が、始まる』――物語は異類との接触から始まる――綾目広治・18
「物語が、始まる」――物語の始まりと終わりについて――藤本　恵・22
「蛇を踏む」――女たちの果てしない戦い――押山美知子・26
「蛇を踏む」――星野久美子・30
『いとしい』――漂う人々の物語――一柳廣孝・34
『いとしい』――男と女の不定形のたわむれ――片岡　豊・38
『椰子・椰子』――〈ぺたぺたさん〉と賢治とデュアルな世界――加藤達彦・42

目次

「神様」と「草上の昼食」そして「海馬」へ――〈くま〉と〈わたし〉の勘違い――**岸 睦子**・46
『神様』――〈名前〉のない〈わたし〉――**髙根沢紀子**・50
『溺レる』――書く肉体としての〈私〉――**内海紀子**・54
『溺レる』――視覚の戦略――**遠藤郁子**・58
『溺レる』に溺れてはいけない――**田村嘉勝**・62
蜂蜜と私――『溺レる』――**中上 紀**・66
『おめでとう』――**鈴木和子**・72
『おめでとう』――ミレニアムの〈わたしたち〉――**野口哲也**・76
『センセイの鞄』――昭和という時代への挽歌――**岩崎文人**・80
『センセイの鞄』――伊良子清白の〈漂泊〉へ向けて――**深澤晴美**・84
母と妻と恋愛をめぐる三つの鞄――『センセイの鞄』――**山﨑眞紀子**・90
『パレード』――もうひとつの《愛》の物語――**馬場重行**・94
『龍宮』――〈私〉が〈私〉であることの不思議――**岡野幸江**・98
『龍宮』――〈そぞろ歩きのもの〉たちの宴――**川原塚瑞穂**・102
『龍宮』――いまの〈欲情〉といまへの欲情――**高橋秀太郎**・106

『光ってみえるもの、あれは』――可視化された境界――藤澤るり・110
『光ってみえるもの、あれは』――〈間《あいだ》〉の変容、あるいは異類的世界からの逆襲――森本隆子・114
『ニシノユキヒコの恋と冒険』――静謐な空気――太田鈴子・118
大いなる風、吹きつける冷気――『ニシノユキヒコの恋と冒険』――勝原晴希・122
『なんとなくな日々』――河童な日常――中沢　弥・126
フェイクとエッセイ――『ゆっくりさよならをとなえる』――佐藤健一・130
『あるようなないような』――「ずれる」ということ――上宇都ゆりほ・136
川上弘美　主要参考文献目録――韋　娜・141
川上弘美　年譜――韋　娜・147

川上弘美

川上弘美の文学世界

原　善

川上弘美は現在、日本で最も旬な女性作家である。一九九四年に「神様」で、メディアと文学の可能性をひろげることを目論んだ、パソコン通信上の文学賞である、第一回パスカル短編文学新人賞を受賞して以来、翌九五年には既に「婆」（「中央公論文芸特集号」95・夏）で第一一三回芥川賞候補となって、新鋭作家として注目されるようになり、九六年には「蛇を踏む」（「文学界」96・3）で第一一五回芥川賞を受賞したのだ。その後、九九年には、デビュー作「神様」を表題作とした短編集『神様』（中央公論社、98・9・20。中公文庫、01・10・25）が、第九回紫式部文学賞と第九回Bunkamuraドゥ　マゴ文学賞を受賞して、トリプル受賞として話題を集め、二〇〇〇年には『溺レる』（文芸春秋、99・8・10。文春文庫、02・9・10）で伊藤整文学賞と女流文学賞を受賞するなど、出す作品がすべて高い評価に恵まれる形で、最も日の当たる場所で活躍を続けている作家であり、異物との融合と違和を描く、独自の女性的な幻想世界を繰り広げ続けている特異な作家である。

「蛇を踏む」の芥川賞選評（「文芸春秋」96・9）では、〈寓話はしょせん寓話でしかない〉と切り捨てた宮本輝や〈全く評価出来ない。〉とした石原慎太郎もいたが、他の選者からは〈乱れたところが一箇所もな〉い〈文句のつけやうのない佳品〉とした丸谷才一を始めとして、圧倒的な支持を得た。その多くが、〈柔らかな息遣い〉（黒井千次）、という、文章・語り口への高い評価に基づいていた。否定の根拠とされた〈蛇がいったい何のメタファなのかさっぱりわからない。〉（石原慎太郎）といった意見も、例えば、選評の中でも既に〈自足的な《存在》と自覚的な《意識》との言語表現上の戦い〉（日野啓三）、〈自然的世界において生きることと、それと対立する歴史的世界あるいは文化的世界において生きることとの関係〉（丸谷才一）、〈自分が自分の肉体から決して出られないこと、他の人の感覚を決して知りようがないこと〉（河野多恵子）などが読まれていたし、後に〈若い女性の持つ性・結婚・家族にまつわる快、不快というアンビバレントな深層意識〉（与那覇恵子「現代女性の深層意識を映す「蛇」」「サンデー毎日」96・10・20）、〈哲学や観念の世界では伝えようがなく、小説という形態でしか表現しようがない〝へんな感じ〟、ある種の不安感〉（中田浩作「受賞作を読む」「Voice」96・10）といった主題が読みとられる中で明らかにされてもいるが、むしろ〈彼女の小説を、何らかの寓意が託されたファーブルとして読むのは誤りだ。蛇とはここで、何の象徴でもない〉（松浦寿輝「解説─分類学の遊園地」『蛇を踏む』文春文庫）と言われるように、はっきりとした寓意を読めないところに、川上弘美作品の特徴も魅力もあるとすべきだろう。

また短編集『蛇を踏む』（文芸春秋、96・9・1。文春文庫、99・8・10）に収められた「消える」（「野性時代」96・3）は、〈結婚にまつわる若い女性の意識を身体の収縮と膨張で表し〉（与那覇恵子前掲論）たとされ、〈川上の本領を最大限に発揮した怪作〉（清水良典「ナラティヴの双方向性」「すばる」96・11）とまで評価されているが、もう一つの「惜夜記《あたらよき》」（「文学界」96・9）も、筒井康隆との対談「面白さをきわめたい」（「文学界」96・10）の中で、筒井の〈今度の『惜夜記』の、エピソードの積み重ねという手法は、もしかしたらあなたに一番向いているかもしれませんね。〉という言葉を、川上自身も肯定しているように、本質的に短編作家である川上弘美の本領を発揮した作品と言える。さらには、内田百閒の「件《くだん》」（21・1）を思わせる「馬」を冒頭に置いた掌編集「惜夜記」は、「馬」のみならず作品全体が百閒的な夢の世界だと言えるが、奇想天外な出来事が次々と繰り出される日常を、ごく淡々と送り続ける主婦の夢日記である『椰子・椰子』（小学館、98・5・10。新潮文庫、01・5・1）もその典型の一つだとして、いずれの作品も内田百閒的に夢日記風である川上弘美世界の本質を、「惜夜記」は表わしていると言えるのだ。

ところで川上弘美の名前を一躍広めたベストセラーに『センセイの鞄』（「太陽」99・7～00・12。平凡社、01・6・25。文春文庫、04・9・10）がある。広告文に〈恋愛小説の名手が描く、あわあわと、そして、切なく沁みる、大人のラブストーリー〉とあるように、六十を過ぎた男と四十近い女とのまさしく〈大人の〉、しかし（一見そう見える）セックスレスな〈あわあわと〉した関係を飄々と描いた佳作である。短編連作の形を取った、その中の「多生」の章に、内田百閒の作品「素人掏摸」（38・6）に触れた次のような記述がある。

内田百閒という作家、ツキコさんは知っていますか。そうセンセイに聞かれると思ったが、センセイは聞かなかった。かすかに、聞いたことのある名前ではあるが、よく知らない。めちゃくちゃな理屈の話だ。酔っていようがいまいが、ものをすってはいけない。しかし筋は妙に通っている。そのあたりの筋の通り方が、センセイといくらか似ているのかも知れない。

これは『センセイの鞄』の作品原理を明かしたような箇所であり、センセイは内田百閒に重なり、この長編は川上弘美自身の内田百閒への〈あわあわ〉どころではない愛情の表現としても読める作品になっているはずだ。そしてその愛とは、まさに両者の同質性故のものなのだ。

内田百閒は、「冥途」（21・1）などを代表作とする、不思議に幻想的な作風を持った作家であり、日常の隣にある幻想を、ユーモアの漂う飄逸な書きぶりの中に描きながら、不思議な怖さをも醸しだすことを、その文学の特徴としているのだが、これらはまさしく川上弘美の文学の特徴でもあるのだ。それは『センセイの鞄』の中の

〈真面目に言い合った。わたしたちは、いつでも真面目だった。ふざけているときだって、真面目だった。そういえば、まぐろも真面目だ。かつおも真面目。生きとし生けるものはおおかたのものが真面目である。〉といった在り方にも見てとれる。こうした、軽いようで哲学的で、飄々としつつ真面目な百閒的である川上弘美の夢の世界を一言で名づけるのなら、〈とりとめのない〉世界という言葉が適当であろう。初の長編小説である『いとしい』（書き下ろし。幻冬舎、97・10・9。幻冬舎文庫、00・8・25）の魅力的なヒロインの一人であるミドリ子は、〈口調はせっぱつまっているが、どこかとりとめのない空気がただよっている。〉（傍点引用者。以下同様）とされているし、「七面鳥が」（「文学界」98・9）のハシバさんも、〈とりとめもない。ハシバさんは、いつもそうだ。とりとめもなくて、どうしても掴まえられない。〉とされている。

そしてまた、川上弘美には『あるようなないような』（中央公論新社、99・11・7。中公文庫、02・10・25）というエッセイ集があり、こうしたエッセイの世界もまた小説世界と同様の飄逸な味わいを持っているのだが、「惜夜記」には〈いるようでいない、いないようでいるなどという馬鹿馬鹿しい状態をどうやって持ちこたえることができようか？〉という記述があり、「墓を探す」（「中央公論文芸特集号」95・秋）には〈遠いような近いような気分だった。ここにいるようないないような気分だった。〉という表現があるように、このエッセイ集の表題〈あるようなないような〉もまた、まさに川上弘美の世界を端的に表わした言葉になっている。こうした〈あるようなないような〉日常と非日常、あるいは現実と非現実とが混交するような対義結合的世界の中で、川上弘美作品の主人公たちは不思議な異物と遭遇するのである。

文壇デビュー作「神様」は、筒井康隆が「選評」（「GQ Japan」94・7）で〈まさかプロ作家の手すさびじゃあるまいなあ〉と疑うほどの〈完成度〉が高く評価されたのだが、そのことを小林恭二が評した、〈たいへんよくできた、ミューズが宿ったような作品〉（『パスカルへの道』中央文庫、94・10・18）という言葉どおりに、「神様」はまさしく川上文学への神様の降臨を示す記念碑的な作品なのである。すなわち川上弘美と美神との遭遇。思えば「蛇を踏む」もまた蛇の化身という異形の女との遭遇から始まっていた。

　ところで人魚への執着を描いた「離さない」（「マリ・クレール」98・5）が彼女の代表作として先ず最初に中国語訳（「世界文学」00・7）されているが、確かに、川上弘美世界に通有の、異物への執着が最も顕著に表われた作品が「離さない」だと言えよう。〈「あなたにんげんのはんいをこえたもののようにおもえますねなかなか」〉（『いとしい』）とは、鼠のような異形の物が、幼時のオトヒコ君（ユリエの恋人）を評した言葉だが、そうした物（異物）への偏愛はまさしく物神化《フェティシズム》と言うべきもので、〈くま〉や〈人魚〉や〈河童〉やといった、異類・異物を〈神様〉としたこれら『神様』に収められた作品群は、紛れもなく川上弘美文学の典型となっている。その作品集『神様』について、川上弘美自身は〈自分自身とは違う、自分にはない、「向こう側のもの」を書こうとした短篇集〉（「向こう側の光」「ドゥ　マゴ通信」99・10・10）と自解しているし、処女短編「神様」については、〈あの小説は「私」と「くま」の交流をとおして、何気ない日常のあやふやな感覚を描こうとしたものです〉（「「梨畑にいるへんな生き物」に思いを託して」「マリ・クレール」97・10）と自解しているが、そうした〈向こう側〉の〈あやふやな感覚〉を描いた世界の中では、全てが曖昧になり、不確かになる。〈死んで、からっぽになったのだから、こうして考えていることもほんとうにはないことなのかもしれない。〉（「百年」「文学界」98・11）とあったり、〈鳴いたときに人に確かめるわけではないから、ほんとうに鳴いているのか、鳴いていると私が思っているだけなのか〉（「亀が鳴く」「文学界」98・4）判らない、という記述もあり、〈三人で、したい、と言ったツバキさんの言葉も、ほんとうのことだったのか、わからなくなる。わたしが、わたし自身が、浮かべた言葉だったのかもしれぬ。〉

(「神虫」「文学界」99・1)という記述もある、という具合に川上弘美世界の中ではすべてが曖昧なのである。しかしその中で、〈まだ私はサカキさんのことを思っている。サカキさんという人がいたのかいなかったのか、わからない、わからなくなることさえあるのに、強い思いだけがある。〉(「百年」)という具合に、対象の存在の曖昧さの中で対象への思いだけが強くあるのだ。そうした幻想的な曖昧なものへの執着を描いていくのが『溺レる』に収められた諸作なのである。

『溺レる』は、伊藤整文学賞と女流文学賞のダブル受賞に表われているように、総じて高い評価がなされているが、注目すべきなのは、そこでは他作に比して〈蛇〉〈くま〉のような異形の物神が出現しないことだろう。それは、ここではより恋愛のテーマが鮮明にせり出しているからで、恋愛のような、それ自体がどこかあやふやで、ドロドロしたものには異形は必要なく、対象それ自体よりはむしろ対象への思いの異形性が問題になっているのだ。それ故に『溺レる』の諸作は、いずれも濃密な官能性をも、併せ持つことになっている。そして恋愛とは当然のことながら自己と他者の一体化を希求することであるのだが、川上弘美作品の中では、その融合・一体化は実は単純ではないのだ。

「蛇を踏む」の中で、〈蛇と私の間には壁がなかった。〉と感じ、蛇に絡みつかれて〈愛玩動物を抱きしめている時のような、または大きなものにすっぽりと覆われているような、満ちた気持ちになった。〉とあるが、「婆」でも〈自分が誰だか忘れていた〉中で、〈婆と自分の混じり合った気配〉が求められているように、川上弘美作品の中では、主体と客体の融合、自己と他者の一体化が常に希求されている。「惜夜記」の中にも、〈終いには少女が自分であるのか自分が少女であるのかわからなくなってしまった。〉という記述があるが、この判らなくなったいずれにしても、結局は少女と自分は一如になっているのである。しかしそうした融合感が求められているのにも拘らず、「蛇を踏む」に〈私の奥にある固いものがどうしても私を蛇に同化させてくれない。〉とあるように、主人公たちはその完全な融合を求めているわけでもないのである。こうした融合を求めつつも完全には一体化が果たされないのは、対象に惹かれつつも、対象の中に恐れを感じてしまっているからなのだ。

「婆」における〈婆〉も〈やはり怖い婆である。〉と言われていたし、『いとしい』の紅郎も主人公のマリエから〈紅郎がこわいもののように思〉われている。『溺レる』の中の「百年」のサカキさんについても〈サカキさんは怖がっているのだということがわかった。（…）サカキさんの中にある恐怖に気がついていなかった。〉とされているし、「神虫」の中では〈「ウチダさん、怖いよ」と、そのようなとき、わたしは告げた。／「こわいさこわいさ」ウチダさんは答える。〉というやり取りが為されていた。という具合に〈怖さ〉は川上弘美作品の大きなポイントになっているのだ。しかしその〈怖さ〉も〈うそさむかったが、安堵もしていた。安堵をしていたが、こわくもあった。こわかったが、どうでもよくもあった。〉（「神虫」）というように、戦慄する絶対的な恐怖というわけではなく、〈どうでもよい〉淡淡としたものであり、それは先に見た〈とりとめのない〉ようなものなのである。そしてそれは〈ミドリ子のとりとめのなさが、私はこわかった。〉（『いとしい』）というように、客体《あいて》の〈とりとめのなさ〉が主体《こちら》の〈怖さ〉になり、〈とりとめのなさがハシバさんのおそれのあらわれなのかもしれなかった。〉（「七面鳥が」）というように、対象《あいて》の感じる〈怖さ〉が当方《こちら》に対象を〈とりとめのない〉ものに見せてしまうという具合に、可逆的・相補的なものなのである。

　こうした求めつつも恐れ、融合を願いつつも違和を感じるという、ある種のズレの感覚、あるいは対象との微妙な距離感というものが、（意外に聞こえるかもしれないが、川端康成におけるそれを思わせるようなものとして）実は川上弘美文学の大きな特徴になっているのである。普通には隣りあわせない異物との突然の遭遇、それとの融合の気配を見せつつ、完全な一体化には至らずに生じるズレ。それは違和感を感じさせつつも心地好くもあるものである。

しかも、『センセイの鞄』の中の〈私とセンセイの間の心地よい距離〉といったものは、単に主体と客体、自分と他者との間に生じているだけではない。

例えば言葉同士もまた普通の距離を失い、不思議なズレを醸し出している。

ミドリ子の口から出る『セックス』という言葉は、不思議な印象を与えた。『のどあめ』『キツネザル』『潮騒』『かんかん照り』などという言葉と『セックス』という言葉の間にはもともと多少の溝があるのだと思っていたが、ミドリ子が発音する『セックス』は、それらの言葉のとなりにひょいとある言葉のように思えた。（『いとしい』）

川上弘美の文体・語り口は出発当初から高く評価され続けてきているが、（残念ながら、日本語以外の言語に翻訳されたときに、その魅力が充分に伝わるかが心配されるのだが）非常に意識的に言葉を選び、（例えば『溺レる』というタイトルがその代表だが）漢字・片仮名・平仮名を微妙に使い分ける用字法の中で、例えば〈ミドリ子の言葉は、例によってあらゆる内容を含んでいるようにも思えたし、何も含んでいないようにも思えた。〉（『いとしい』）というように、先に見た〈あるようなないような〉〈とりとめのない〉不思議な世界が開けていたのである。さらには語りの場においても、語り手のズレあるいは融合が起きる事態は、例えば次のような箇所に明らかだろう。

「しばらくしてね、気がついた」チダさんは薄い口調で答えた。

「気がついて、それで」

カナ子さんが気がついたので、とミドリ子がつづけた。母が気がついたので、ミドリ子は母に近づき、母の手を握りしめた。（『いとしい』）

ここでは、まずチダさんの語りがあり、それに相槌を打ちながら先を促す〈私〉（マリエ）の言葉に対して、ミドリ子が引き取って続け始めたかのようで、さらにそれを結局は〈私〉がすべて引き受けて語ってゆくのだ。ここにもまた自他一如的な語り手の融合を見ることができよう。川上弘美が意識して一人称の主語を排して語ろうとしていることは、例えば「婆」などに明らかだが、こうした徐々に他者の言葉を引きとって語ってゆくそれは、まさしく物が憑いて語っていく物語の始まりの様態そのものなのだが、そうして始まった物語の中では、〈「好きなようにしていいのよ」と答える。／「でも暗いから」／「そんなに暗くないわよ」／と言われて見回すと、なるほどそんなに暗くはないのだった。〉（「婆」）という具合に、言葉が次々に新しい世界を開いていく展開を見せていくのである。

さてその意味で川上弘美の処女刊行が『物語が、始まる』（中央公論社、96・8・10。中公文庫、99・9・18）であったことは象徴的なのだが、その後数々の受賞を経て続々と仕事を積み上げ、今また新たに新聞小説（『光ってみえるもの、あれは』「読売新聞」01・5・7〜02・3・4。中央公論新社、03・9・7）に挑戦している川上弘美の文学は、まだまだ始まったばかりであり、物語は続いていくのである。「七面鳥が」の中に〈ほんとうのところ、ものごとはおしまいには決してならない。いつまでだって、続いてゆく。〉という記述があるが、これは川上弘美作品の作品終結《エンディング》の在り方を象徴しているのみならず、川上弘美文学の今後の終わることのないますますの展開・発展・増殖をも暗示しているはずである。

（武蔵野大学教授）

付記

なお、本稿は、川村湊・唐月梅監修、原善・許金龍主編、与那覇恵子・清水良典・髙根沢紀子・藤井久子・于栄勝・王中忱・笠家栄・楊偉編『中日女作家新作大系・日本方陣』（中国文聯出版社、00・9）全十巻のうち、『川上弘美集』の解説として付載された「川上弘美的文学世界」（中国語・笠家栄訳）の原文（01・7・21執筆）を基に、書誌的な注記を補って日本語で発表した「川上弘美の文学世界」（「上武大学経営情報学部紀要」第24号、01・12）に、今回若干の補筆を加えたものである。

『物語が、始まる』——物語は異類との接触から始まる——

綾目広治

粗大ゴミの日に〈ゆき子さん〉が団地の端にある公園で拾った〈雛型〉は、最初は一メートルほどの大きさの、男の〈雛型〉であったが、家に連れて帰り、食事も与えて一緒に生活しているうちに段々と大きくなり、〈ゆき子〉さんによって〈三郎〉と名付けられる。拾った時は男の子と呼ぶに相応しい存在だったのに、〈雛型は、もう雛型ではなくなり、男になってしまった〉のである。そして〈ゆき子さん〉に向かって、〈どうやら、ぼくはあなたに恋をしているようです〉と言い始める。〈ゆき子さん〉の方も、当初は〈三郎、私に恋をしてはだめよ〉と言っていたが、やがて、〈「好きなの」いまではもう恥ずかしげもなく、私はこんなことを言う。（略）答える三郎だとて「好きだよ、世界で一番」などと、世にも陳腐でいかにも恋人らしい言葉を述べたりはする〉、というように二人の関係は進展するのである。もっとも、二人は〈私たちは抱きしめあい、接吻し、触りあう。それ以上のことは、何も起こらないのであった〉。

おもしろいのは、〈三郎〉に抱きしめられているとき、〈ゆき子〉が感じる〈既視感〉である。その〈既視感〉は過去の具体的な何かを思い出すような類《たぐい》のものではなく、〈なつかしい原始の記憶、とでもいうものなのである〉と、〈ゆき子〉によって説明されているが、実は、読者もこの「物語が、始まる」という小説を読んでいると、ある種の〈既視感〉に捉われるのではないだろうか。それは、この物語と似た物語を以前にも読んだことがあったような気がするという〈既視感〉である。実際、「物語が、始まる」には、過去の物語の定型とも言うべき要素が幾つも折り込まれている。

たとえば、〈ゆき子〉は独身で一人暮らしのＯＬで、〈本城さん〉という、このまま交際が続けば結婚するだろうと思われる恋人がいたのだが、〈三郎〉と生活するようになってからは、〈本城さん〉との間もそれまで通りには行かなくなって、結局別れるのである。もちろん、〈本城さん〉も〈三郎〉のことは知っている。つまり、ここにはこれまでの多くの小説で扱われてきた三角関係のテーマが伏在しているのである。三角関係と言えば、〈三郎〉がコンビニのアルバイトで知り合った女の子とセックスして、そのことを誇らしく〈ゆき子〉に語る場面がある。この場合の三角関係は、〈三郎〉と〈ゆき子〉とコンビニの女の子との間にあるものである。

ただ、三角関係と言うと、普通には嫉妬の絡まった愛憎劇の展開が予想されそうだが、この小説はそういうドロドロした愛憎劇の方には行かない。この小説では、そういう個人の感情的な葛藤レベルを通り越して、まさに〈原始の記憶〉次元で物語は展開していると言える。とは言え、〈本城さん〉も別れ話の後に〈大声で「くそう」と一声叫んだ〉りするし、〈ゆき子〉も、コンビニの女の子とのことを〈三郎〉から聞かされた後、夜になって〈三郎〉が〈ゆき子〉の布団に入ってきて愛撫を加えたときには、その愛撫が〈女の子から教わったことをそっくりそのまま実行しているのであるという疑い〉を持ったりする。やはり、嫉妬の問題があることも書き込まれてはいる。しかし、〈ゆき子〉がその〈疑い〉を〈考えないようにした〉ように、小説もその問題には入って行かないのである。三角関係の問題は伏在したまま、表面化することはない。

また、〈ゆき子〉と〈三郎〉とは、たしかに恋人同士の関係にまで発展したが、しかし他方で、二人は母子関係のようでもあるのだ。たとえば〈ゆき子〉が〈三郎〉の服を脱がせるときの〈三郎〉の動作は、〈小さな子供が母親に服を脱がせてもらう時のような動作〉であり、実際にも〈三郎〉は〈ゆき子〉に育ててもらっているのであって、まさに〈ゆき子〉は〈三郎〉の育ての親なのである。そうなると、母子で且つ恋人であるというこの二人の関係は、あのエディプスの物語に通じていることになる。この点においても、この小説は古来からの物語の定型が折り込まれている。しかし、二人はけっしてインセストタブーを犯すことはない。というよりも、試みてもその行為は〈三郎〉には不可能なのである。その不可能の原因について〈三郎〉は言う、〈一番簡単なのは、ゆき子が僕の母親だっていう解釈でしょ〉、と。

もしも、そのタブーが破られたならば、やはり小説は複雑で重い感情の葛藤劇となっていったであろう。少なくともその要素が孕まれたものとなったであろうが、しかし、「物語が、始まる」はその方向には行かないのである。物語の定型をなぞりながらもその定型とはズレるところに、「物語が、始まる」の特徴があって、読者は既視感を持ちつつも、新しさも感じるという仕組みになっている。

定型的要素ということで言うなら、〈雛型〉がやがて人間になり、人間となった〈雛型〉と恋をするという点で、これはピグマリオンの物語とも通じていると言えるし、〈ゆき子〉と〈三郎〉との話は、出会いから別れまでという、恋愛の物語パターンをいわば正当に踏んでもいるのである。そして二人の恋愛の中で、〈たぶん、あれが私たちのもっとも幸せな時間だったのかもしれない、と思う場面がある〉というのも、多くの恋愛物語でしばしば回想される事柄である。その愛の絶頂時には、〈私たちは永遠に見つめあっているのだ。三郎の目の中に私があり、私の目のなかに三郎があり、その連続は、無限であった〉ということになるのだが、この愛の至福の時の描写などは、数多くの恋愛物語でよく見られるものである。さらに言えば、〈ゆき子〉と〈雛形〉との結び付きは、一種の異類婚姻譚と言うこともできるだろう。〈雛形〉は、やはり異界のものなのである。

しかし、やがて〈三郎〉は急速に老いゆき、〈最初の一メートルほどの原始雛型〉に戻ってしまう。一ヶ月ほどはそのままにしていたが、ついに〈ゆき子〉は〈誰かに拾われて再生するかもしれない〉と思い、〈雛型〉を公園に捨てにいく。最初、〈雛型〉は〈ゆき子〉に拾われて再生したのであるから、おそらく〈ゆき子〉の想像通り、〈雛形〉は再生するであろう。そう考えると、ここには「死と再生」の物語定型もあることにもなる。

こうして見ると、「物語が、始まる」の特徴は、物語の定型、すなわち小説の古層を踏まえながら、それを現代風に甦らせたところにあると言えよう。〈雛型〉という異類と接触すること、あるいは異類がこの日常に入ってくることで物語が始まり、動き出すというのも、物語の定型である。作品集『物語が、始まる』（中央公論社刊、96・8）所収の「トカゲ」もそうである。異類との接触を広く異界との接触というふうに捉えるなら、同書所収の「婆」や「墓を探す」がそうであると言え、これらは異界との接触によって〈物語が、始まる〉のである。

では、異類との接触は、結果として何をもたらしたのであろうか。一般に民俗社会においては、人間界に現れる異類とは姿を変えた神のことであり、また神とは自然界の象徴でもあるが、神である異類が人間界に登場することによって、自然とともに生きざるを得ない自分たちの在り方を改めて確認し、自然の中で生きる力を神から得るのである。もちろん、「物語が、始まる」ではそういう民俗の心性が語られているわけではない。しかし、〈雛形を捨てた〉後、自分が〈三郎を忘れはじめている〉ことに気付き、〈これが、生きながらえるということなのかもしれない〉と思う〈ゆき子〉にはそれまでの自分とは違った、微妙な変化が訪れてきている。異類との接触によって、新たな生が始まりそうなのである。

「物語が、始まる」だけでなく、川上弘美の小説は、現代人にもある古層の心性を、物語の定型を織り込みながら現代の物語として甦らせていると言えようか。

（ノートルダム清心女子大学教授）

「物語が、始まる」——物語の始まりと終わりについて——

藤本　恵

「物語が、始まる」を読み返すたびに、私はある勘違いをする。それは、最後の二段落まで来ると、最初の一行、いや、それより前のタイトルに戻りたくなるという衝動と重なっている。結末で、ゆき子が共に暮らし、最期を看取った〈三郎をわすれはじめている〉。そして〈すでに三郎は、物語の中のものになってしまっている〉。ということはつまり、この物語を私が読み終わろうとしている、いま、この時点から、ゆき子の体験の物語化が始まっているのだな、そうか、私が読み終わったところからゆき子の「物語が、始まる」のか、これは面白い、と、したり顔でページを逆にめくり、タイトルを眺めてしまうのである。

少し落ち着いて考えると、この認識は間違っている、と気づく。物語を読者が読み終わるところから、語り手の体験の物語化が始まるはずはない。語り手の体験とその物語化がとりあえず終わっていなければ、読者は物語を受け取れない。なぜ性懲りもなく勘違いを繰り返すかというと、物語、特にいわゆる一人称の（上手な）物語を読んでいる間、私は、いま、ここで、ある人物が体験していることに耳を傾けているという錯覚を持つからだろうと思う。物語の時間と読んでいる自分の時間を混同してしまう、読んでいる最中は、物語の時間が現実の時間を侵食しているというわけだが、混同や侵食を断ち切って考えれば、語り手における体験の物語化は、とっくに終わっている。

そうした勘違いも含めて、「物語が、始まる」に触れると、内容を楽しむ以上に、物語というものについて思いをめぐらせてしまう。それもそのはずで、三郎との関係にばかりかかずらっているように見える主人公かつ語り手・ゆき子は、意外にきちんと物語についての考えを私たちに伝えている。

三郎がゆき子に拾われたばかりの〈雛型〉だったころ、ゆき子は〈植物には肥料をやった方がおおむねはよく育つのだから、雛型にも必要最小限以上のものをやった方が好ましいのではないか〉と、絵本「あおくんときいろちゃん」を読み聞かせる。けれども、〈あおくんのおうち　おかあさんといっしょ〉というくだりの〈おかあさん〉というところで、〈雛型〉がゆき子を見るようになると〈私をおかあさんに見立てている〉のではないかと、読み聞かせをやめてしまう。

次に「アレクサンダーとぜんまいねずみ」という〈友情話〉を読むと、こんどは〈おもちゃのねずみが本物のねずみに変身する〉物語が、〈私と雛型という関係の類型にはまりすぎているかもしれない〉と気にかける。この心配は、〈どんな人間関係だとてつまりは類型〉と割り切ることで消滅するのだが、ともかく、ゆき子は、物語は人間関係を読者に刷り込む機能を持つものと考え、その力を信じるからこそ、安易に三郎に与えることを恐れたのだろう。

ゆき子にとって、物語は人間関係その他の類型━雛型と言い換えてもよい━を提示するものなのであり、人間はそれを足場に現実の生を組み立てる。だとすれば、ゆき子と三郎にとって重大だったのは、ゆき子が危惧したように三郎が物語から特定の人間関係を学び、それによって二人の関係が規定されることではなく、三郎がゆき子の〈本棚にある本を勝手に出し、読みふけ〉って、〈人間〉化したことだ、と思う。ゆき子の本棚には、ゆき子の現実の基になった物語が詰まっているはずである。拾われたとき、三郎は一般的な人間の〈雛型〉だった。

ゆき子の物語を吸い取って〈人間〉になった三郎は、ゆき子という人間の象徴的な意味での《雛型》になっていたのではないか。

だから、ゆき子と三郎が愛し合うことは、自分を愛することに近い。ゆき子にとって三郎との抱擁は、〈既視感〉や〈なつかしい原始の記憶〉を覚えさせるものになる。性交は不可能で、かつ必要もなく、〈もっとも幸せな時間〉は、次のようにやってくる。

> 私と三郎は、人形の展覧会場にいた。（中略）行ったり来たりしている間に、私たちも人形たちも、同じようなものになってしまった。（中略）佇みながら、私と三郎は、さらに深い眠りのようなものに入っていきつつあつた。その眠りの中で、私たちは永遠に見つめあっているのだ。三郎の目の中に私があり、私の目のなかに三郎があり、その連続は、無限であつた。

幸福な一体感は、人形となって、お互いの中に自分の小さくなつた姿――《雛型》――を感じている時間と空間の中にあるのだ。

私は、ゆき子と三郎には他者どうしがぶつかり合う葛藤がない、とか、葛藤を超えた深い愛がない、と批判したいわけではない。むしろ、二人の関係が心地よくて、批判したくならないことが問題だ、と思う。常識的に考えれば、ゆき子と三郎の関係は不毛なはずである。私たちの社会では、ゆき子とかつての恋人・本城さんのように、その人と話すと〈大切な一語一文〉を〈抜かして〉いるような気がする、つまりコミュニケーションの成り立ちがたい他者＝異性と努力して関わりあい、理解しあい、結婚してこそ大人と認められるのではなかったか。自己愛はお人形遊びと同じ子どもの特権、大人にとっては、ある種の罪と見なされるのではなかったか。

それなのに、「物語が、始まる」を読んでいると、〈男の雛型である〉、〈性器などの器官はすべて揃っている〉

と、三郎の男性性を強調する語り手・ゆき子にだまされる。ゆき子が、〈あおくん〉と〈おかあさん〉のような母子関係や、〈アレクサンダー〉と〈ぜんまいねずみ〉のような友人関係を、三郎と結びたがっているのではないと知らされ、性交することに〈集中した〉が、どうしてもできずに〈あきらめ〉たという二人の行動にほだされる。ゆき子と三郎が持ったのは、三郎が〈雛型〉であったことを乗り越えた、人間どうしの正当な異性関係であり、かつ性交を介さずに〈添いとげ〉た、一種の純愛だと勘違いして幸福な気分になる。ゆき子と三郎の関係は、自分の《雛型》への愛でしかないという実態は、背後へ遠のいてしまうし、ゆき子は三郎への愛、つまりは自己愛によって本城さんを捨てたことに対する罰も受けない。かえって、会社では〈一階級昇進〉し、三郎をも忘れて物語化することで〈生きながらえる〉のである。自己愛は上手にコーティングされて口当たりがよくなり、口にして飲み込めば、強く生きていけるようになる。

三郎は、ゆき子の本棚の物語を読むことでゆき子の《雛型》になってしまった。一方「物語が、始まる」を読んだことで、私の中には新しい《雛型》が刷り込まれる。自己愛は心地いい、そのために異性を捨ててもかまわないのだ、生きる力になる、と。思えば、『物語が、始まる』という短編集は、冒頭の表題作以降も、異性愛に基づくのではない奇妙な官能や、死者や動植物とのつながりによって人が生きていることを、繰り返し読者に刷り込む。どこかでそれを刷り込まれたことも忘れ、何かの拍子にそれが現実の中で作動したとき、私は『物語が、始まる』という物語の新たな《雛型》になるのだろう。

物語はやはり、私が物語を読んでいる最中ではなく、読み終えたときに改めて作用し始めている。こんなふうに、すべての物語は語り終えられたところから本格的に現実を侵食し始めるのだ、と思う。そして、この感覚もまた、何かの物語にどこかで刷り込まれたものなのかもしれない。

（都留文科大学専任講師）

「蛇を踏む」——女たちの果てしない戦い——

押山美知子

芥川賞受賞作の「蛇を踏む」は、川上弘美の名を世に知らしめた出世作とも代表作とも言える作品であろうが、（今となっては小泉今日子の主演で映画にもなった「センセイの鞄」の方が有名かもしれない。）正直初めて読んだ時には、いまいちピンとこなかった。ところどころに見え隠れする漱石風の畳掛けるようなテンポの良い語り口や、虚実の間がはっきりしない、ユーモラスで尚且得体の知れない怖さのある、百閒を思わせるような独特な話の雰囲気などはどことなく印象的だったが、結局のところ然程の面白みも感じられず、「蛇を踏む」を読んで川上弘美にハマルことはなかった。

「蛇を踏む」以降の川上弘美は、順調に作品を発表し続け、評価も高まる一方だったが、私個人は特に興味を持つこともなく、新作にも手を付けないまま遠巻きに眺める感じでいた。ところがある日、短編集の『おめでとう』を読んだら、それが本当に良くて心底びっくりした。「蛇を踏む」を読んでもこれほど惹き付けられることはなかったのに、『おめでとう』の何がそんなに私の心を捕えたのかとよくよく考えてみれば、何のことはない、作中に描かれる女性たちがもろに自分の好みだったというそれだけの話だ。「いまだ覚めず」の〈あたし〉と〈タマヨさん〉、「どうにもこうにも」の〈私〉と〈モモイさん〉、「春の虫」の〈わたし〉と〈ショウコさん〉、そのどの女性たちも皆、肩の力が抜けた自然体で、ひょうひょうとマイペースに振る舞い、独自の考えやスタイルを持つ十分な大人であるにも関らず、少女のような幼さや可愛らしさをどこかしらに残していて、独特な味わい深い魅力を備えている。常日頃、小説を読んで自分好みの女性に巡り合うことが少なく、不満を抱きがちな私にとっては、心から共感することができ、実在するなら是非ともお近づきになりたいなぁと思える女性が次から次へと登場する『おめでとう』は、どうしたって好きにならずにはいられない短編集であったのだ。

また、「いまだ覚めず」、「どうにもこうにも」、「春の虫」の三作では、二人の女性の関係性が中心的に描かれるが、その関係性の描写が私には個々の女性たちの個性以上に魅力的なものに思えてならなかった。元恋人関係にあった〈あたし〉と〈タマヨさん〉、同じ男と付き合い、別れた経験を持つ〈私〉と〈モモイさん〉、共に男絡みの傷心を抱え、旅に出る〈わたし〉と〈ショウコさん〉、いずれも二人の間柄はそれぞれに異なるが、表面的には素っ気無いようで、場合によってはちょっとした反発もあるように見えて、胸にジンと染み入るような温かみと思いやりのある絆を感じさせてくれるところが何ともニクイ。女同士ならではの心のやり取りの奥深さ、豊かさがしっかりと伝わってきて、〝女の敵は女〟なんて誰が言ったか知らないけれど、女同士の関係は良いなぁ、ステキだなぁとしみじみ思わせてくれるのだ。肩肘張らない、自然体の女性二人が織り成す、素朴な温かみのある情交を、こんな風に丁寧に優しいタッチで描写してくれる作家はそうそういないと思ったその瞬間、私の川上弘美に対する認識はガラリと音を立てて改められたのだった。

認識を新たにしたところで、思い直して「蛇を踏む」を読み返したら、フと腑に落ちた気がして思わず笑ってしまった。この作中で〈蛇〉と称されるものは、恐らく文庫版の「解説」で松浦寿輝が書いている通り、〈無意識〉であり、また〈母性〉でもあるのだろうが、もっと端的に言えば、所謂〝女性性〟なるものなのではないかとそう思ったのである。作中に登場する〈私〉、〈ニシ子さん〉、〈住職〉に取り憑く〈蛇〉が、〈お母さん〉、

〈叔母〉、〈女房〉とそれぞれ女の姿に変わることは偶然などではないはずだ。女の姿になり変わる〈蛇〉たちは、個々の立場に応じて母性なり、良妻の資質なりを発揮し、模範的な女性役割の担い手となって甲斐甲斐しく振る舞う。女性性なるものの権化とも言うべき〈蛇〉と〈私〉の、のっぴきならない駆け引きを描いた「蛇を踏む」は、これもまた、「いまだ覚めず」や「どうにもこうにも」と同様に、女と女の関係性を描いた作品なのだということに気付いた私は、目から鱗が落ちるような思いだった。「蛇を踏む」の奇妙な魅力や面白さがにわかにグッと浮かび上がってきたように思えてならなかった。

「蛇を踏む」は、〈ミドリ公園に行く途中の藪で、蛇を踏んでしまった〉という、〈私〉が〈蛇〉を認識してしまったことを指し示す冒頭の一文から幕を開ける。その後に〈蛇を踏んでしまってから蛇に気がついた〉とあるから、認識のスイッチを入れてしまったという表現の方が正確かもしれない。〈踏んでしまった〉という言い方からは、〈私〉の意思とは無関係に起こった、不可抗力の事態とするニュアンスが色濃く伝わってくるが、思いがけずある日突然気付いたり、分かったりすることは、私たちにとって結構身に覚えのある話だろう。しかも認識の対象が、普段は〈知らないふり〉を通している自己の無意識であるなら、尚更誰にでも起こり得る体験かもしれない。それに対し〈蛇〉は、〈踏まれたので仕方ありません〉と〈五十歳くらいの女性〉の姿に変わるが、〈私〉に〝そこにある〟と認識され、感知されてしまったからには姿を現さざるを得ない。寝た子を起こしたと言うか、〈コスガさん〉の言葉を借りれば、〈しょわなくていいものをわざわざしょ〉いこんでしまった〈私〉の決定的瞬間は、このように実にいきいきとユーモラスに描写され、読者はたちまちの内に変幻自在の川上ワールドに迷い込むこと請け合いなのである。

〈蛇〉は、〈柔らかく踏んでも踏んでもきりがない感じ〉で、〈私〉はこの〈蛇〉と自分の間に〈壁がな〉いように感じる。女の姿になった〈蛇〉に抱きつかれれば、〈愛玩動物を抱きしめている時のような、または大きなものにすっぽりと覆われているような、満ちた気持ち〉にさえなる。先に〈蛇〉は、所謂〝女性性〟なるものだと述べたが、〈私〉の無意識の中に潜在する女性性だと言った方がもっと分かり易いだろう。それは、〈私〉自身の一部であり、〈私〉を産み、養い育てる〝母〟のようなものであるが、確かな実体を持つものではなく、得体が知れない。時と場合に応じて柔軟に姿形を変えながら、〈蛇〉は〈私〉の中に存在し続け、絶え間なく〈私〉を誘惑するのだ。〈私〉は〈蛇〉の中に自分と同質なものを感じ、〈蛇の世界はあたたかい〉ということも薄々承知してはいるが、〈蛇の世界なぞには行きたくない〉という思いを持ち続ける。その〈蛇の世界なぞには行きたくない〉と考える〈私〉の意思や思考こそが、実は〈私〉を〈私〉たらしめるものに他ならないのだろう。〈蛇〉は〈私〉の中に潜むものではあるが、それは〈私〉を構成する一部に過ぎず、〈蛇〉である以前に〈私〉は〈私〉であることを〈私〉はただひたすらに求め続けるのである。

〈蛇の世界なんてないのよ〉という〈私〉の拒絶の言葉に〈蛇〉は〈そんなかんたんなことかしら〉と笑う。〈ない〉という認識は、〝ある〟と感じた冒頭の認識の裏返しであり、〈私〉が存在し続ける限り、〈蛇〉もまた〈私〉の一部として存在し続けるのだ。女が女である前に、〝私〟としての意思や思考を持ち続けることはかくも難しい。〈蛇〉と〈私〉の終わりなき争いは、まさに女の歴史そのものと言っても良いのかもしれない。

（専修大学大学院生）

「蛇を踏む」——星野久美子

一人称で語られる物語の主人公サナダヒワ子は以前女学校の理科教師をしており、〈四年で辞めて、それから失業保険で食いつないだ後〉カナカナ堂という数珠屋の店員である。教職を辞めた理由は本人の言によると〈求められていないことを与えてしまうことが多かった。与えてからほんとうにそれを自分が与えたいのか不明になって〉〈与えるという気分も嘘くさ〉いというものだ。主人公は与えてほしいと自ら求めたものをしか、教育課程で受け取らずに来たような育ち方をしたのであり、これは現代日本社会ではかなり上級の中等教育を受けて来た、と言っていいだろう。ヒワ子は静岡の親元を離れて一人暮らしと思しく、前述したように〈求められていないこと〉を誰か他人さまから強制的に与えられるのを拒否するような価値観を持っている。自立した己れの世界で力を尽くすことをこそ人生の枢要と考えるような、ある意味現代日本社会に典型的な若い女性である。

この主人公が己れの価値観の外側から侵蝕を受けて抗する、というのが「蛇を踏む」の一つのアウトラインなのだが、先を急がず、まずは彼女の現在を取り巻く状況から見ていこう。勤め先のカナカナ堂主人であるコスガさんは昔、勤め先の主人の奥方だった現在の奥さんニシ子さんと駆け落ちをしている。喫煙者である。言うならば世間の枠組みからドロップアウトしてまでも自己の欲求《求めるもの》に忠実だった人であり、蛇が嫌うという煙草を日常とするという意味で、《侵蝕するもの》としての《蛇》のアンチテーゼを体現する人物といえよう。

奥さんのニシ子さんの方は二十年も前から蛇がついてきていると、コスガさんは言う。追い出せなかったが、ニシ子さんは捨てようとはしないと。誘われて二回出かける甲府の願信寺の大黒さんは既に蛇に憑かれている。住職も〈青く光る袈裟を頭からかぶり、金の帽子をつけ〉た様をうかがうに既に蛇の眷族になっている。

主人公のヒワ子は冒頭で出勤途上らしいが〈蛇を踏んでしまった〉。蛇は〈踏まれたらおしまいですね〉と言い、人間のかたちになる。そして歩いていってしまう。蛇が歩く、という表現は充分に異様だろう。人型をとって後さえもヒワ子は蛇が歩くという表現でこれを捉える。勤務を終えて帰宅すると人の形を取った蛇は五十歳くらいの女性の姿で家にいて、夕食の支度をし、〈わたし、ヒワ子ちゃんのお母さんよ〉と〈何でもなく〉名のるのだ。

蛇が何なのかといえば、ヒワ子が切り捨ててきた自己の価値観になじまないもの、異界の住人であるといえよう。自立した己の価値観とは別個にある世間、《お母さん》と言うからには血のつながりを基準に取るようななにものかである。この作品は発表当時から《家族》をめぐる物語であると正確にとらえられており、近代日本社会が大家族から核家族へ、ディンクスや単身世帯へと《脱出》してきた家族性の表徴としての《蛇》という読みは広く受け容れられている。それは血のつながりを基準として成立する。考え方も価値観も趣味も異質で、共に語り合うべきものごとを何も持たないような何人もの人々が、血のつながりをのみ理由として生活を共にするのが家族というものだが、この蛇の変じた女も夕食を用意し、ヒワ子と《団欒》の時を持ちながら共有する話題の一片だに持たない。正に家族そのものである。思い出話にもヒワ子の知るものはなく、〈ヒワ子ちゃんの知らないこと、あたしいっぱい知ってるのよ〉と言う逸話は蛇がどれほどヒワ子を大事に思ってきたかといったテーマを持つ。反発すると〈ほら知らないふり〉である。家族は議論の場ではなく、各人の価値観の擦り合わせも必要とはせず、ただにまるごとの受容でのみ成立する生活共同体だったからである。共同体を脱出したコスガさんが

〈しょわなくていいものをわざわざしょうことはないでしょ〉と言うのももっともだ。

ヒワ子の周囲の蛇憑きの女たちはさまざまである。願信寺の大黒さんはとうに蛇と一体化しており、何の悩みも持たない。カナカナ堂のニシ子さんは夫のコスガさんと共に当初〈どうにか追い出そうとしたが〉蛇が死にかけている最近では〈蛇になりたかった〉と心を変えている。〈蛇は何回でも誘うわ。でもあたしは何回でも断った〉来歴を持つニシ子さんが〈今ならすぐに頷くのに〉と言うのである。

三種類の女たちが置かれている位置は世帯のあり方の見本帳のようである。ヒワ子は単身世帯、都市部で顕著な今風に言う《結婚しない女たち》の典型であるし、ニシ子さんは今風に言うならばディンクスである。駆け落ちをして、言ってみれば自らの価値観に基づいた意志によってコスガさんとの世帯を持った。その、血のつながりを断ったと言っていいだろうニシ子さんにとっては蛇の世界に行ってしまうことは捨ててきたものへの屈服に他ならないはずなのだから、蛇の誘いに乗るのが〈人の道にはずれるようなこと〉だったのは当然だろう。今や〈人の道って、自分でも何のことだか分かってなかった〉とニシ子さんが言うのは双方の意志によって所帯を持ったはずのコスガさんでさえ〈好きが裏返って嫌いになってまた裏返って好きになってあと三回くらい裏返って〉という年月を重ねた結果〈（ニシ子が）死んだらつまらん〉〈から、死なないでほしいなあ〉と発語するほどに馴れた夫婦の限界、《世界へアクセスする限界》のようなものを感じ取っているからに他ならない。この馴れた夫婦のさまをこそ求めていたはずのニシ子さんに、蛇の世界が異なる様相を見せはじめているのだ。〈裏返って〉はヒワ子も遣う。〈くらりと裏返って蛇の世界に行きたくなってしまうのだろうか〉と、この〈好きが裏返って〉に蛇と自我の関係が重ね合わされているのは明白だろう。願信寺の大黒さんは伝統的な家族を背負っている。〈子供は産めないが卵は産む。産んだ卵は蛇にしかならない〉というのだから子供たちが《蛇》に表徴される家族のあり方をすんなり受け容れるような教育を受けてきたのかもしれないし、もっと直截に子なしなのかもしれないが、そこは伝統的社会の典型たるお寺さんである。子どもがいなければ血のつながりよりもっと強力な《あととり》が末社に送り込まれることだろう。大黒さんに葛藤はない。

さて、ヒワ子にとっての蛇はどうであるか。これから選択ができるという点で彼女の蛇はニシ子さんのようにもう遅すぎる可能性でもなければ大黒さんのように無前提な存在でもない。それは〈人と肌を合わせるとき〉に似ている、とヒワ子は思っている。〈二人して人間のかたちでないような心持ちになろうというときも、私は人間のかたちをやめられない〉〈どうしても目をつぶれない〉最初のときから〈知らず知らずとかたちが変わってくる〉何回かを経て、〈ようやく及べるようになったときに、その人たちの姿はいつも一瞬蛇に変わる〉。家族形成の過程をヒワ子はつかんでいながら、〈私はその人たちが蛇になった瞬間のぞわりとした粟立つような感じを今でもはっきりと覚えているのである。自分も蛇になっていたなら、あのような粟は立つまい〉という自覚で〈壁〉を作る。この蛇は〈蛇と私との間には壁がなかった〉と直感できる処に脅威があるのだが。

ついに〈私の輪郭を突き崩そうと〉する振動に抗して〈何百年も争ってきた〉決着をつけようとヒワ子は〈蛇の世界なんてないのよ〉と言いきるが、蛇には致命傷を与えない。こうした蛇とヒワ子の葛藤は最後まで続き、ヒワ子は選択をなさぬまま作品は終了するのだが、そこでは〈水浸し〉になった部屋のあるアパート全体が街を流されていく。蛇の浸入がヒワ子の世界への位置づけをも流動化する瞬間である。川上弘美には例えば「トカゲ」のように地縁社会の理不尽に取り込まれて安息を得るような展開を持つ作品もあるが、「蛇を踏む」にこうした結末はなく、緊張感が最後まで続き、芥川賞選評でもこの〈文章の緊張感〉が高く評価されることとなった。

（東京都立南葛飾高校教諭）

『いとしい』——漂う人々の物語——

一柳廣孝

むかしむかしあるところに、姉妹がおりました。姉の癖は腰まで届く髪をいじること、妹の癖は数をかぞえることでした。ある夏の日、二人は昼寝をしておりました。蝉の声がやかましく、ガラスの赤い風船がちりりと鳴りました。汗をかきながら昼寝をする姉妹は、長い夢を見ていたのです。姉は、いつか大人になって強く人を恋う夢、妹は、いつか大人になって恋うた人と別れる夢、どちらもなかなかにつらい夢でした。二人は夢を見ながら、互いのからだに手をまわし、固く抱きあっていたのです。姉の長い髪は妹にからまり、妹の腕は姉を巻いていました。蝉が鳴き、風鈴が鳴り、それでも二人は目覚めようとしませんでした。目覚めずに、汗をいっぱいにかきながら、長い長い夢を見つづけるのでした。

物語の終わり近くで、姉の恋人、オトヒコが語る夢の話である。物語冒頭で描写された、幼い姉妹の夏の思い出は、オトヒコの夢として繰り返される。彼女たちは大人になって人を恋う。苦しい体験をする。それでも二人はからみあい、なお苦しさに身を置きつづける。これは『いとしい』という物語の要約と言っていい。それが彼の夢として語られ直すことに、この物語の独特な浮遊感、曖昧さがある。

この物語の登場人物たちは、不定形なもの、流れるものに親和性が高い。なだらかに広がる姉の長い髪は、その身体的な表象といえる。不定形なものは、世界の境界に姿を見せる。この境界に佇む者の内部には、あちら側とこちら側のものがひしきめきあう。あの世の存在を呼び寄せ、夢をつたって他人の夢に入り込む。そのうち、あちらのものもこちらのものも受容せざるを得なくなる。ついには自らが、わけのわからない不定形の者になる。

「不定形」は、多様なレベルで姿を現す。たとえば春画師だった彼女たちの二番目の父、そのモデルを勤めていたマキさんとアキラさん。姉妹は彼らをちらりと見ただけで、忘れがたい印象を抱く。のちにアキラさんはマキさんとの性交中、マキさんが力を加えすぎたために死に、マキさんも自殺したという。生と死の境界で身体を媒介に強い結びつきを作りつづけた二人は、一歩間違えば死の淵へ転げ落ちていく危うさゆえに、濃密な雰囲気をたたえていたと思える。二人の残像はこの世にとどまり、妹、マリエの恋人である紅郎の下宿で、毎夜さまざまな体位をとりつづける。

ただしこの物語で、性に関する肉体的な現実感は驚くほど希薄だ。ときにセックスは〈行った〉と表記されるにとどまる。にもかかわらず、この肉体が作り出す一体感という問題は、物語の深部で響きつづけている。たとえば姉妹は、父の春画を持ち出してはその体位を真似して楽しむ。そのときマリエは、姉の肉体との一体感を知る。それは自らが溶け出して変容する快感と合致する。しかし彼女の数に対する執着が、あちら側へ移行しがちな自己をこちら側に押しとどめる。だからこそマリエには〈私〉という語り手の位置が与えられている。浮遊する人々をこちら側のフレームにとどめる「眼」としての役割である。

そういえば彼女の母は機械設計の仕事に従事し、姉は大学で「材料化学Ⅱ」や「熱力学概論」の勉強をして修士課程に進んでいた。こうした理科系的なイメージは、彼女たちのどこまでも薄まって広がっていくような雰囲気とは明らかに異質な要素として、物語内に埋め込まれている。

あちら側とこちら側の微妙なバランスと揺らぎ。または、あちら側とこちら側が混じり合ったような奇妙な浮遊感。こうした要素は、特にチダさんという人物に顕著だ。姉妹の二番目の父が亡くなったあと、日曜日ごとに彼女たちのアパートにやってくるチダさんは、彼女たちの母と特別な関係にあるが、それもまたはっきりとした像を結ばない。彼を媒介にして、物語は混沌へ、または整序へと動き出す。姉妹の恋もまた、各々の形を与えられていく。

姉のユリエは、チダさんとの淡い感情のやりとりを経由して、研究室の助手であるオトヒコと交際する。彼女はどこまでも彼と一緒であることを求めつづけ、そのために足りないものを埋めつづけようとする。その結果オトヒコは、半透明の膜に包まれて眠りにつく。彼が眠っているあいだに現れた彼の影は、自らの内面を雄弁に語りつづける。のちにオトヒコは再生するが、そのとき彼女は彼を、好きでいつづけようと決める。ユリエにとっての愛とは、愛すると決めることだった。

一方妹のマリエは、チダさんと性的関係をつづける女子高生、ミドリ子の紹介で彼女の兄、紅郎との交際をはじめる。彼は会社を辞めて露天商を始めたとき、やりたいことは全部やろうと決めたと言う。マリエは、そんな紅郎に違和感を抱く。〈やりたいこととやりたくないことをはっきりと意志できる紅郎が、たいそうこわいもののように、感じられた〉と言う。境界線を引くこと。それを引くための、強固な意志。彼のありようは、物語のトーンと明らかに異質である。紅郎といだきあっているとき、マリエは彼に連れ添う影のようにたわみ広がろうとする。しかしどうしても影になりきれない。

このようなズレ、不一致の感覚は、ミドリ子に集約されている。〈この世とこの世でないところを結ぶところのものである〉がゆえに、彼女にはいつもとりとめのない空気がまとわりついている。彼女は他者を拒否する術をもたない。それゆえに、内にさまざまな違和を抱え込む。それはきしみ、歪みを生む。彼女の中に生じる精神的違和は、肉体の異常として現れる。彼女の歪みの根本には、紅郎への思いがある。やがて彼女は、チダさんではなく、またストーカーのように彼女につきまとう鈴本鈴郎でもなく、紅郎への愛を選ぶために〈対決〉する。

きっかけを作ったのは、ここでもチダさんだった。彼は自宅に紅郎、マリエ、ミドリ子、鈴郎を招き、ミドリ子の思いを引き出す。いつだって兄だけが好きだったこと。自分とまるで違う兄のたたずまいが好きだったこと。自分がどうやっても行けない兄のいる世界が好きだったこと。兄の世界は、乾いて草の生えた穏やかな世界である。それに比べて自分や鈴郎の世界は、静かで湿っていて永遠で動きがない。穴や水たまりに満ちている。自分と自分の世界が嫌いな彼女は、だからこそ自分と同質の鈴郎に惹かれながら、嫌悪せざるを得ない。

〈それじゃあ、みなさんも。食後の運動に。歩きましょう〉というチダさんの声とともに、彼らは異界へと歩み出す。小降りになった道を歩く。両側に古い家が増え、道が狭くなる。都会には珍しい田の、ぬかるんだ畦道を歩く。ミドリ子は一人離れて、腕を大きく振って粒を撒く。〈ほーい〉。彼女は繰り返す。東から、雲のようなものが近づいてくる。無数の鳥である。やがて鳥たちは彼女の回りを回転し始める。激しい風が舞う。彼女は言う。〈もういいのよう〉。それは鳥たちへの指示であるとともに、そこに集った全員への呼びかけでもあった。

いとしさはつのり、切断され、また現れて、何かを求めていく。それは現実を越え、夢を越え、やがてふたたび日常に回帰する。こうした運動にともなって、人もまたさまざまに変容する。姉妹の夢はいつか覚めるだろう。それまで彼女たちは夢のなかで苦しみつづけるだろう。それでも彼女たちは、夢のなかにとどまろうとする。すでに現実も夢も同じ地平のなかにあるとはいえ、まるでいとしさが、夢のなかにしか存在しないかのように。

（横浜国立大学助教授）

『いとしい』——男と女の不定形のたわむれ——片岡　豊

幾重にも錯綜する男と女のエピソード。その積み重なりは、現代を生きる〈何を一番願いたいのかわからなくなっている人びとの〈愛って、何なんでしょうか〉という問いかけを、〈誰かを好きになるということは、誰かを好きになると決めるだけのことなのかもしれない〉という《解》へと導く。けれどもこの《解》は決して《正解》たりえず、確かなのはその背後にただよう《いとしさ》の感覚だけなのだ。川上弘美の長編小説『いとしい』は、現代の男と女の牽引が（それを《恋愛》と呼んでもいいのだが……）《いとしさ》の感覚を感じ取るところにしか存在しないことを語っているようだ。

〈長く伸びている姉の髪にからまってしまったことがある〉とイメージ豊かに語り始める語り手の《私》＝マリエは〈数をかぞえるの〉が子どものころからの習いで、数えられるものは何でも、たとえばドアのノックの数、道々の電信柱の数、トランプのゲーム回数、通る人の数といった目の前の事象をとにかく数え上げていく。喫茶店で人を待つ間も〈ひと三十六人と犬三匹と猫のべ四匹——猫は二匹だったが、それぞれが一往復したので、のべで四匹——をかぞえた〉というぐあいだ。姉ユリエとともにその写真を見て〈お帽子様〉とあだ名をつけた〈最初の父〉を一歳になるころに亡くし、春画師の〈二番目の父〉と中学生のときに死別したマリエは、今は私立女子高の国語教師で、教え子のミドリ子に引き合わせられた彼女の兄＝紅郎が《恋人》となっている。

紅郎との関わりを語るのも〈知らぬ間に、というのは言葉にあやで、実際には最初の日である引っ越し後二ヵ月二日めにつづき、引っ越し後二ヵ月十二日めと二ヵ月十七日めと二ヵ月二十二日めと三ヵ月三日め、というような正確な日づけを言うこともできるのだが、言わない〉というふうで、さらに親密になってからも〈紅郎とはそれまで三十六と半回会っていた。半、というのは、最初のときのことである〉といった言い回しなのだ。《恋人》との関わりをも具体的な数値として把握しようとするマリエは、〈紅郎といだきあっている〉ときも〈これをもって恋というのだろうか〉という疑いから離れることはできない……。

目の前の事象を数え上げることでしか自身の存在を確かめられないマリエが語る男と女のエピソードは、マリエと紅郎との関係も含めてそれぞれ切実でありながらも常に揺れ動く。マリエのまわりで繰り広げられる男と女の形の定まらないたわむれが、さらに彼女を不安にする。《いとしさ》の感覚の発見に向けてマリエは不安に衝き動かされて自らも不定形のたわむれを演じながら語り続けるのである。

不安に突き動かされているのはマリエばかりではない。二人の夫と死に別れ、機械設計の仕事をしながらユリエとマリエを育ててきた母、カナ子さんもまた不安に慄きながらの日々を過ごしている。しばしばアパートを訪れるイラストレーターの恋人チダさんとの関係は、安定しているかに見えながら、さまざまな場面で緊張が走り、やがて〈あるときからぱったりと姿を見せなくなる〉。大学生のころその〈チダさんとセックスした〉いと思い立って彼のアパートに押しかけたこともあったユリエも、大学院生となって彼女の研究室の助手であるオトヒコさんと《恋》に落ちれば、〈四六時中一緒にいたい〉と感じてはいても〈愛しかたがちがう〉ことに不安を感じ続け、オトヒコさんを〈半透明の幕〉の中の〈休眠〉へと追い込んでいく。

マリエにもっとも大きな不安を与えるのは、彼女に紅郎を紹介した彼の妹、ミドリ子だったが、そのミドリ子自身も深い不安を抱え持っている。教室では後ろ向きに坐り、話してみればとりとめもない彼女は、本を読むとでかろうじて自分自身を持している。〈獰猛な生きものにも似た何かが、ミドリ子の奥にはひそんでいるように感じられた〉マリエは、彼女の恋人がチダさんであることに〈動転〉させられ、さらには、彼女が幼いころチダさんのもとで一緒に絵を習っていた鈴本鈴郎から〈運命の女〉として迫られていることを、〈わたしはすずもとを拒めない〉と告白されて、そのとりとめのない態度におそれをいだく。マリエはミドリ子の紅郎への《愛》に気づき始めたとき〈紅郎が、遠いひとのように感じられ〉て、やがて紅郎の部屋に〈ミドリ子の残していく空気が私をこわがらせ〉るようにもなっていく。

〈何を一番願いたいのかわからない〉という言葉は紅郎を遠く感じ始めるときのマリエのものだったが、マリエが語り続ける男と女のエピソードは、自分自身をつかまえられない不安を抱え持った者たちの、他者との関係のなかで不安を解消しようとしながら、なお不安を増殖させていかなければならない物語として収斂していく。さまざまなエピソードが物語としての帰結を迎えるのは、チダさん仕掛けでマリエ、紅郎、ミドリ子、鈴郎が集まり、ミドリ子と鈴郎の〈対決〉が演出され、そしてその日の夕暮れ、都会の中に珍しく残された田んぼのなかで繰り広げられるミドリ子と鳥たちとの饗宴の場面である。鈴郎に幼いころから言わば自らの森の精として夢の中に呼び寄せられていたミドリ子は、その饗宴の終わりに〈高くうつくしい声〉で〈もういいのよう〉と語り、そして紅郎への《いとしさ》をもはや隠さない。そのとき、マリエからもすべての不安が消えていくようなのだ。

かくして男と女の不定形のたわむれは終局を迎える。ミドリ子は女子高を退学し、紅郎とともに新たな生活をはじめ、鈴郎はオセロの世界大会へ。チダさんはカナ子に改めて結婚を申し込んで断られ、オトヒコさんはようやく〈休眠〉からさめてユリエの〈好きでいよう〉という決心の中で新たな関係が生まれつつある。そしてマリエには〈今でも紅郎がすきなのだった〉という思いが残され、マリエは〈満ち足りた気分〉としての〈いつかはよきものになれるかもしれないという気分〉を一瞬味わうことになる。しかしそれも〈たぶん嘘〉であるかもしれないとしたら、《いとしさ》の感覚は、さらに不定形の男と女のエピソードを生み出していくことになるのだろう。ところで、『いとしい』を貫いている交合のイメージについて触れておかなければならない。

春画を描く〈二番目の父〉にはマキさんとアキラさんというモデルがいたのだが、〈二人のまわりには、密度の高い空気がただよってい〉ることが、子ども心にユリエにもマリエにも感じられたのだった。彼らは〈性交の途中〉の〈過失でアキラさんが死んでしまい、そのあとをマキさんが追って自殺した〉という死に方をしていた。そしてユリエとマリエは二人をモデルに父が描く春画を持ち出しては〈せっせと画のまねを繰りかえ〉し、それは〈後年知る、男性との実際の性愛とはまったくことなる感触であったが、これはこれで立派な肉体の愉しみなのだった〉。

やがてマリエは紅郎とともにマキさんとアキラさんの交合の姿を幻視することになるのだが、そのときマリエが発する言葉が〈愛って、何なんでしょうか〉という問いだったのである。このことから憶測してみれば、マリエには、不定形としての男と女のたわむれの果てに導かれる〈嘘〉かもしれない《いとしさ》の感覚のかなたに、三十年以上も春画のモデルを続け、そして交合の中で死んでいった二人の姿が、唯一たしかな男と女のあり方として望見されていたのではなかったか。このことに気づいてみると、『いとしい』には、男と女の不定形のたわむれとしての《恋愛》が、もはやオトギバナシでしかありえない絶対的な〈性愛〉の確かな形を合わせ鏡として語られていたのだと言わなければならない。

（作新学院大学教授）

『椰子・椰子』――〈ぺたぺたさん〉と賢治とデュアルな世界――加藤達彦

「ゲゲゲの鬼太郎」で知られる漫画家水木しげるの描く妖怪に〈べとべとさん〉というのがいる（『図説』日本妖怪大全』講談社、94・6参照）。ユーモラスな名前だが、柳田國男『妖怪談義』（修道社、56・12）の「妖怪名彙」（「民間伝承」38・6〜39・3）にも紹介されている、れっきとした妖怪である。柳田は、この〈べとべとさん〉について〈大和の宇陀郡で、独り道を行くとき、ふと後から誰かがつけて来るような足音を覚えることがある。その時は道の片脇へ寄って、／ベトベトさん、さきへおこし／というと、足音がしなくなる〉（引用は講談社学術文庫、77・4）と説明している。

直接的な影響関係は定かではないが、川上弘美『椰子・椰子』（新潮社、01・5）には、〈べとべとさん〉ならぬ〈ぺたぺたさん〉という人物（？）が登場する。たいへん印象的なキャラクターだ。

『椰子・椰子』は、春から夏、秋、冬と季節をめぐる日記形式の作品で、それぞれの季節の間には、順に「春の山本」、「中くらいの災難」、「オランダ水牛」、「夜遊び」というタイトルの短い挿話が置かれている。書き手は、ごく普通の主婦のようだが、なぜか彼女の前には、奇妙奇天烈な動物やら〈怪物〉やら一風変わった家族やら親戚やらが出てきて、妙ちきりんな格好をしたり、謎めいた言葉を言い残したり、突発的な号令をかけたりする。たとえば、冒頭の一月一日には、すぐに〈人間の言葉〉を覚える〈小学校六年生くらい〉の〈もぐら〉が登場し、一緒に写真をとったり、会話を交わしたりしている。こんな具合に、この作品では、宮沢賢治の童話の世界を彷彿とさせる、川上弘美お得意のナンセンス・ワールドが、繰り広げられている。

さらに本作には、人間と猫との中間的なキャラクター〈ＭＡＯネコ〉で独自の画風を築いたイラストレーター山口マオの絵が添えられ、不思議な作品世界をより強烈なものにしている。巻末に付された「あとがきのような対談」によれば、川上は、以前から山口の〈大ファンだった〉らしい。「対談」のなかで、川上は、本作が生み出された経緯について〈これは自分の夢日記から始まったものなんです〉、〈長男が小さいころ舌足らずで「おやすみなさい」のことを「やしやし」って言ってたのでタイトルにしたんです〉、〈一九九〇年に〉〈コピー同人誌に何か書かないか、と誘われて連載したのが「椰子・椰子」のはじまりです〉と語っている。これを受けて、山口は〈川上さんの「うそばなし」にのって、自然に妙な絵が浮かんでくるから不思議〉、〈これだけ「嘘」をきれいにつける〉〈川上さんは天才だ〉などと応えている。二人のこうしたやりとりは、本作を読み解く上で、なかなか重要なヒントとなっている。

ところで山口は、一九九七年、千葉県安房郡千倉町にオリジナルギャラリー&ショップ「海猫堂」をオープンしている（道の駅「ちくら潮風王国」ホームページ参照）。千倉をはじめ、南房総一帯は、温暖な気候も手伝って、非常にのんびりとした土地柄で、そのゆったりとした時間の流れと自然の美しさに魅了される現代アーティストは、少なくない。なかでも写真家の浅井愼平は、この地に惚れ込み、山口と同じ千倉町に自らの美術館「海岸美術館」を建設しているほどである。ホームページによると、浅井は、かの美しい千倉の地を宮沢賢治にちなんで「SOUTH IHATOVO」と呼び習わしているようだ。

こうして偶然にも、川上―山口―浅井という各々異なる分野の三人の芸術家たちが、房総を舞台に宮沢賢治でつながることとなった。『椰子・椰子』以上に、ウソのようなホントの話だ。しかもさらにオマケがついている。川上は、二〇〇一年一〇月六日、千葉県君津市で行われた講演会（「著者を囲む会　川上弘美氏を迎えて」君津市読書会連絡協議会ほか主催）で、お茶の水女子大学理学部生物学科の学生だった頃、仲間たちと一緒にときどき内房線に乗っては、房総の海洋生物調査に来ていたことを告白しているのだ。川上の文学は、そんな頃から、本人も気づかないうちに、房総の風土に育まれていたと言えるのかも知れない。

さて問題は、〈ぺたぺたさん〉であった。「ぺたぺたさん」は、もともと一九九八年五月に刊行された単行本（小学館）にはなかった話で、新潮文庫版にあとから加えられたエピソードである。主人公の〈わたし〉は、ある日、〈コンビニエンスストア〉で、ぺたぺたと裸足で歩く男〈ぺたぺたさん〉と出会う。二人は意気投合し、〈わたしはぺたぺたさんと結婚するつもりにまでな〉るのだが、当の〈ぺたぺたさん〉は、突然、姿をくらましてしまう。どうも別の〈女の子〉について行ってしまったらしいのだ。〈わたし〉は、〈ぺたぺたさんを思って〉少し泣き、〈泣きやんでから、はだしのまま〉、〈一人で、ぺたぺたと、部屋まで歩いて帰っ〉ていく。ネーミングといい、足音といい、これはもう川上流、現代版〈べとべとさん〉だ。

評論家の大塚英志は、江藤淳『成熟と喪失― "母" の崩壊―』（河出書房新社、67・6）を援用し、川上弘美と吉本ばななを比較しながら、両者を対照的な関係に位置づけて論じている（「「物語」と「私」の齟齬を「物語」るということ」「文学界」99・10）。彼は〈川上弘美はその小説の発端で必ず説話的な物語を発動させ主人公を物語に内在する力に委ねる〉、しかし〈物語は「私」を十全に絡めとることができず「私」もまた絡めとられたいのか抗いたいのかはっきりとしない〉、〈川上弘美の小説は人を「成熟」させようという「物語」それ自体が根源的に持つ「圧しつけがましさ」を拒み、同時にそれが機能不全に陥っている様を描いている〉と言う（引用は『サブカルチャー文学論』朝日新聞社、04・2)。川上が『椰子・椰子』で、いったん完成され、構築された作品全体のバランスを崩してまで、文庫版にわざわざ「ぺたぺたさん」を要請したのも、多くの現代人が水木から柳田へと遡って連想する、大塚言うところの〈説話的な物語〉を発動させ、それを強化するためだったのではないだろうか。ただしここでも結論は頗る似通っている。「ぺたぺたさん」の〈わたし〉は、〈さきへおこし〉という言葉を発する前に、〈ぺたぺたさん〉を見失い、物語は失調するからだ。

物語が空転し続けるという大塚が見出した川上文学特有の結末は、半分は当たっているが、半分ははずれている。なぜなら行方不明となった〈ぺたぺたさん〉のかわりに、最終的に〈わたし〉が〈ぺたぺたさん〉と化しているからだ。川上の物語は、結局、何の進展も見られないようでありながら、しかし確実に何かが微妙に変わっている。このことは本作品では、柳田を引用するまでもなく、すでに〈ぺたぺた〉と繰り返すオノマトペに明らかだったのだ。「ぺたぺたさん」には、〈紙パック飲料をずるずると飲む中年女性〉の〈ずるずる様〉も紹介されているし、ほかにも『椰子・椰子』には、〈ジャン〉と〈ルイ〉という見分けのつかない〈兄弟〉の鳥が出てきたり、アユミならぬ〈山本アユミミ〉という友人が出てきたり、〈両耳と舌と両足親指と乳房が二倍にな〉る〈中くらいの災難〉に見舞われ、しまいには自分の影が〈二重〉になって分裂する、といった多種多様なデュアルな世界が執拗に描かれていた。〈ぺたぺた〉と繰り返すオノマトペは、そうした世界を招き寄せる最も簡単な方法だ。試みに日常の何気ない言葉を声に出して繰り返し発音してみるがいい。すぐさま異様な世界がたちあらわれるはずだ。そもそも『椰子・椰子』というタイトルが、読者にそれを強いている。

そして最後に、宮沢賢治もまたオノマトペを多用した作家であったことを想起しておきたい。

(木更津工業高等専門学校講師)

「神様」と「草上の昼食」そして「海馬」へ

——〈くま〉と〈わたし〉の勘違い——

岸　睦子

川上弘美の作品は異界や異種が登場する。「神様」（「GQ」94・7）や、「草上の昼食」（『神様』中央公論社、98・9・20）にもしゃべるくまがいる。しかも〈くま〉は律儀で古風な文化を学び、習得している。

例えば、昼寝をするときに「子守歌を歌ってさしあげましょうか」と〈くま〉は真面目にきく。親が幼子を優しく包むように、〈くま〉は〈わたし〉を保護すべきと考え、女性である〈わたし〉を守るのが男性としての礼儀だと思いこむ。しかしながら〈くま〉が歌う子守歌で安心して昼寝をするには、〈わたし〉と〈くま〉の間に、もっと深い信頼関係が必要だろう。だが、ダンディな男としての、愛する者への慈しみの表現に、自らの母に愛された幼い日々を再現しようとする。この一方的な〝愛して欲しい願望〟を、〈わたし〉が断ると、〈くま〉は〈がっかり〉する。〈くま〉には女性への憧れと、母なる女性への幻想が混在しているが、〈わたし〉と同一ではない。この勘違いに気がつかない。

また、くまは散歩の終わりに〈遠くへ旅行して帰ってきたような気持ち〉と〈わたし〉に伝える。故郷に住む母を思い、母の優しさを〈わたし〉に重ねる。そして「草上の昼食」で、くまが遠い故郷に帰ったと告げるのは、〈くま〉に対する〈わたし〉の愛情を確かめるためであり、労り優しく見守ってくれる母を〈わたし〉に求めた。

〈わたし〉は〈春先に、鴫を見るために〉川原に行ったことがある。この鴫は春の渡りに個体数が多く水田に降り立つツルシギか、単独で行動する腹部の白いクサシギを連想するが、いずれにしても、鴫は色もうずらのように目立たず、よほど注意しなくては見落としてしまう。こうした鴫に関心を持ち、出かけるのは野鳥の観察者かマニアに近い。また歩いて二十分ほどの川原を、〈暑い季節に弁当まで持っていくのは初めて〉という〈わたし〉は賑やかな交友関係よりも、一人で鳥を観察する静かな世界を好む。言葉少ない観察者の冷静な目は、別れの場面でも、荒い息を吐き、興奮した〈くま〉の足に這い登る蟻を見逃さない。確かに、社会に馴染もうと努力する〈くま〉と、馴染まないままでも生き得る〈わたし〉とは、感情に温度差がある。

しかし社会に適応しようと努力する〈くま〉に出会い、非適応のまま〈合わせることなんてないのに〉と思いながらも、都会でしか生きる場のない〈わたし〉は居直ることもできずに、〈くま〉の帰郷を揺れる思いで見つめる。

そしてまた、くまに宿る本能により、川に飛び込み水中の魚を狙う。こうした闘い勝ち取る野生性を温存しているくまに対して、都会の守られた社会に生きる〈わたし〉は自己防衛本能が抜け落ちていることに気づく。ここに、狼に狙われる赤ずきんの危うさを、思い起こさせるが、〈わたし〉には赤ずきんの幼さはない。それは、くまのぬいぐるみの匂いに親しい少女の面影を宿しながらも、「お父さん、くまだよ」と異種を避ける男たちに出会ってもたじろがず、他者に自己評価をゆだねない独自性を堅持している。そこには自己責任を認識した〈わたし〉がいる。

そして「草上の昼食」では、〈難儀なことはおおかろう〉とくまと対等に笑いを醸し出す存在になる。〈わたし〉の言葉少ない「神様」に比べ、「草上の昼食」では〈くま〉を揶揄するほどに〈わたし〉は饒舌になる。〈くま〉に別れを切り出されると、〈ずっと、帰っちゃうの〉と追いすがる。また雄々しく吠える獣の声を聞いた後の〈帰っちゃうのね〉と諦めを含んだ表現。ここには明かに、言語によって愛情を語り分けできる、少女を脱した〈わたし〉がいる。

「草上の昼食」の別れの場面で、〈わたし〉の背中に手をおき、荒い息を吐き発情する〈くま〉を〈もっと荒々しい息づかい〉にしない冷静さを持つが、その一方で雷鳴が響く野原では、〈くま〉に包まれて〈くまの笑いをぼわぼわ〉とふたりで共鳴する、抱かれた〈わたし〉がいる。

だが自然の脅威である落雷は、〈くま〉を野生の熊に回帰させ、腹の底から吠え、自然の神に屹然と対峙する猛々しさを与える。その猛々しさは〈わたし〉の想像を超えた獣の声であり、神のような熊に畏怖するしかない。そして熊の神は熊に似て、人の神は人に似る、その明らかな違いを体感したあとには彼方を向いたままの、「さようなら」しか、ない。二人には、幼い〈おずおずとした抱擁〉も、もはや成り立たない。

ここで〈わたし〉が〈くま〉に求めたのは異種であろうと、信頼し合う一瞬が成り立ち得るという甘美な優しさだ。しかし、そこに野性的な愛を求めることはなかった。

川上弘美が穂村弘との対談で〈もしかして「くま」は人間を食べようとしているのかもしれないということを脇に置いて、抱擁した一瞬がすばらしい〉（「ユリイカ　特集川上弘美読本」03・9臨時増刊号）と発言する。その恐怖を信頼に置き換え、〈一瞬愛し合えればいいよね〉とする抱擁。

カワカミヒロミにおいて少女から女への変貌は〈ぎゅっとする〉その一瞬が、分岐点なのだ。文化や社会が培った女性の規範ではない。女とか男という性差によって、恋愛がなされるのではない。愛し合う、〈ぎゅっとする〉信頼の一瞬が貴重なのだ。

「草上の昼食」の最後で、〈わたし〉は律儀で哀情を誘うくまの手紙を三回読んでも泣かないが、〈くま〉に守られ体感した土の匂いは悲恋の自己愛として泣ける。〈くま〉への返事も、明確な個性を持つことのなかった〈くま〉に、〈わたし〉は〈切手をきちんと貼り、裏に自分の名前と住所〉を書く。この行為は名前のない〈くま〉に対して、自己意識を明確にして生きている〈わたし〉の自信でもある。この手紙は〈くま〉には届かないが、律儀な〈くま〉を傷つけることもない。〈くま〉が求めた理想の女性が、〈くま〉の理想像であり、〈わたし〉には縁遠いと、表書きのない手紙を机の奥にしまい込み、〈くま〉と決別する。この冷徹な判断が可能なとき、恋愛に溺レることはない。だが、寝床で熊の神様にお祈りをする〈わたし〉は〈くま〉が体感させてくれた「ぎゅっとする」を忘れないだろう。そして〈わたし〉の野生本性が深い眠りから覚めるとしたら、新たな〈わたし〉の物語が生まれる。

もしも、〈わたし〉が愛に燃え、たけだけしい男に走り、母となったら、どうなるか。そうした人生は「海馬」（「新潮」01・1、所収『龍宮』文芸春秋、02・6・30）に近い。「海馬」はたけだけしい漁師の男をめざして海からあがる〈私〉が、食い詰めた男に網元に譲り渡される。〈私〉は、網元に首に鎖を付けられ調教されるが、海が恋しくて大きな声で吠えると海が荒れ、村はさびれ、山岳地方の主人に譲り渡された。それから数十年が経ち、母となり、人にあらざるものということを忘れるほどになる。だが、子育てを終え、生まれ故郷の海に帰っていく〈私〉は漆黒の毛に覆われ、胴体はふとく、首がぐんと伸び、たてがみがふさふさとした海馬にもどり、〈昼も夜も尽きるところをめざして〉走る。女を逸脱し、原生に回帰し、愛の嵐に巻き込まれ、調教されても、最後はありのままの姿に戻る。それが最も生きやすいのだと伝えている。

勘違いという甘美な認識のズレを体感した「神様」・「草上の昼食」の〈わたし〉のその後が、「海馬」に鋭く描かれているように思えてならない。

（近代文学研究者）

『神様』――〈名前〉のない〈わたし〉――高根沢紀子

どんな作家でも処女作は作家の原点として、論じられることが多いのだが、川上弘美においても『神様』はその観点から言及される。たとえば小谷野敦は〈理性を働かせて分析・分類しようとするのだが、いつしか頭がぼうっとなって、理性はまひし、物語の面白さに耽溺してしまうのである。つまり、私には川上弘美自身がこの人魚のように思えたのである。もう、両手をあげて降参である。何者だ、川上弘美〉（『軟弱者の言い分』）と〈降参〉し、川本三郎は〈どんな風にも作者の「つもり」がわからない「くま」さんの短編〉と述べ、清水良典が〈主題中心の理解からは、決してカバーできないこの作家の深さが、これらの奇妙な作品には伺える〉（「ユリイカ　川上弘美読本」）というように、川上弘美の魅力であるとらえどころのなさは、論評を拒んでいるかに思える。

この評論家泣かせとも言える『神様』は、二〇〇三年には「神様」が明治書院と筑摩書房で、二〇〇五年には「離さない」が大修館書店の高等学校の教科書に掲載されている。そこでは、「神様」の主題は、〈同類同士の間に生まれた自然な親和のかたち〉（大塚隆夫、明治書院）、〈「わたし」（人間）と「くま」という奇妙な取り合わせの二人が〉、ある夏の日に川原へ散歩に出かけ、お互いに「悪くない一日だった」「いい散歩でした」という感想を持つに至る過程での心理的交流を描く。〉（佐野政人、筑摩書房）という具合に、《異種の交流》として捉えられている。筑摩版ではこの小説がリアリズムでないことが指摘されながら、〈「くま」が「くま」として本当に人間と付き合うのはとても難しいことで、「くま」の気遣いと苦労は並々のものではないと、この大人の小説は語って〉おり、熊は〈遥かな太古から人間と熊は畏敬の念と友愛の情のこもった親しい関係〉で〈熊と人間の女との婚姻の神話世界〉が捉えられていた。さらにその人と熊との関係をよみがえらす〈本来の在り方〉またその難しさが指摘されたが、そこまで〈くま〉でない熊に拘る必要はないだろう。これは、ある主題的な答えを設定しなくてはならない指導書の性質が、作品をことさら難解にゆがめてしまっているということなのではないか。

筑摩版の指導書を書いた佐野は、「川上弘美「神様」の教材性―教室における読むことの倫理」（田中実編『「読むことの倫理」をめぐって』右文書院、03・2）では指導書から一転〈「わたし」は、この「くま」との出会いからこの「散歩」の日に至るまで、一瞬たりとも「くま」に対して心を通わせた交わりを持ってはいない〉と〈心理的交流〉を否定している。さらに〈自己相対化の眼を含んだ他者理解の一瞬の可能性〉を指摘しつつも、結局〈自他の距離を慎重に調整し、微温的な毎日をなによりも大事にする現代人の典型としての「わたし」の生き方が透かし見え〉、〈「くま」の無垢なる祝福のことばにある「神様」の領域に属することとして決着をつけて棚に上げてしまう、つまり〈物語化〉してしまう〉という形で、自らの指導書での言葉を否定してしまっているのだ。さらに論は〈「欲望の充足点」といった言葉では説明が不可能であるように思われる。〉と結ばれ、〈「神様」の教材性〉はそれこそ〈棚上げ〉されたのだ。そこには、主題を重視せざるをえないような教材化はそれ自体、そもそも不可能だったという本質的な問題が露呈している。しかし、「離さない」については、先の小谷野の発言にしても、また原善が指導書（「離さない」）・事典（『現代女性作家研究事典』）等ですでに指摘しているように、その〈離さない〉執着（魅了）のメカニズムは、教材化に十分耐えうるものであった。そしてこの〈魅入り／魅入られる魅了と執着のさま〉が描かれたのが「離さない」にとどまらず『神様』に収められたすべての作品なのである。

連作短編『神様』は、〈わたし〉と同じアパートの住人との交流が描かれている。〈わたし〉は三〇二号室に、くまは三〇五号室に、えび男くん（「星の光は昔の光」）は三〇四号室、エノモトさん（「離さない」）は四〇二号室に住んでいる。同じアパートでなくとも歩いていける距離にいる原田さん（「夏休み」）や近所であろう空地に出没するおじ（「花野」）など、いずれも〈わたし〉の近くにいる人々が登場している。また『神様』は、春（「神様」）で始まり春（「草上の昼食」）で終るという四季がある。その中で〈わたし〉の奇妙な日常が描かれている。その奇妙なものと関わりは決して〈わたし〉が自ら求めたものではない。一般的には差別されているらしい〈くま〉にしても〈くま〉の側から接近してくるのだが、〈わたし〉はそれらを決して拒否することはない。〈わたし〉は奇妙なものに〈魅入られ〉てしまう存在として描かれている。

大塚英志は〈「くま」は名を名乗ることを固辞している。「わたし」も最後まで名を求めない。「くま」からの手紙に返事を書いたもののそこでも「わたし」は「くま」の名に執着はしない。〉（「「物語」と「わたし」の齟齬を「物語」るということ―川上弘美論」「文学界」99・10）としているが、〈わたし〉は「草上の昼食」においても冒頭から〈くまにはあいかわらず名前がない。〉と指摘されるのであり、むしろ〈名前〉に〈執着〉しているとすべきである。さらに大塚は〈わたし〉は〈日常からやや乖離した時間を生きており、ビルドゥングスロマンの呪縛からも離脱している。〉が〈そういった曖昧な状況の中でしかも自己実現の物語に距離をとりながら、しかしすらすらと「自分の名前と住所」を書くことができ〉〈「克服」すべき心の傷であるとか、回復すべき「自分」といった「物語」に呪縛されていない。〉と述べる。しかし〈ずれる感じ〉（「夏休み」）を持つ〈わたし〉は消極的だが〈「克服」すべき心の傷〉を持ち、〈回復すべき「自分」〉に〈呪縛〉されている。そして〈わたし〉の持つ、この〈ずれる感じ〉が異種のものを惹きつけてしまってもいるのだ。〈わたし〉は〈「自分の名前と住所」を書くことができ〉る存在だが、〈わたし〉の〈名前〉は作中一度も示されることはない。

そのことは、〈わたし〉が視点となる物語においては当然のようにも感じられるが、「花野」で叔父には〈君〉と言われ、〈名前〉を呼ばれることはないし、「河童玉」では〈ウテナ様のご親友〉と呼ばれ、「クリスマス」では〈ご主人さま〉と呼ばれ、自らも本名で呼ばれることをいやがるえび男くんには〈あのさ〉と話しかけられるといった具合に、ことごとく〈わたし〉の〈名前〉は読者に示されることはない。そもそも「神様」で、〈くま〉との交流は〈わたし〉の〈名前〉に〈くま〉が〈縁〉を感じるところから生まれたにもかかわらずである。「草上の昼食」で書く手紙には〈自分の名前〉を書くという、読者に〈わたし〉の〈名前〉を意識させる語り方がされることで逆に〈最後まで名前のない〉〈わたし〉像を浮かびあがらせているのだ。

『神様』では〈わたし〉を通して、〈わたし〉以外のものが語られていく。〈わたし〉は関わりのある人物たちにほとんど意見をすることはなく、その存在を受け入れていく。つまり巫女的な役割を果たしている。〈わたし〉は巫女としてさまざまな〈名前〉の入れ物になる、〈名前〉をもたない存在であるのだ。

〈神〉とは〈福〉と同時に〈禍〉ももたらすものであり、八百万の神々やギリシャ神話の神々は嫉妬や怒りといった感情を持った人間的な存在であった。すべての〈神様〉は〈名前〉を持っているが、〈神様〉と総称されるとき、〈神〉は巫女同様〈名前〉のない存在となっている。読者はそれぞれの〈神様〉の姿を〈わたし〉を通して感じるのだ。であるから、指導書において主題とされた〈心理的交流〉は〈わたし〉と〈くま〉〈異種〉の間にあるのではなく、〈神様〉〈他者〉と読者の間にこそあるのである。佐野の言う〈他者〉の問題は、なにも登場人物たちだけにあてはめられるものではない。『神様』は読者が小説と出会う喜び（読書の喜び）を十分味わえるものであり、その意味で十分に教材化しうるのである。

（武蔵野大学非常勤講師）

『溺レる』――書く肉体としての〈私〉――

内海紀子

川上弘美の『溺レる』は、一九九九年八月、文芸春秋社から発行された。年齢も性格も異なる男女が織りなす性愛の風景を描いた、八つの短編[注1]からなる連作集である。川上文学の真骨頂とも評価される『溺レる』について、川上はインタビューで次のように語っている。

川上　恋愛って何だろうと考えながら書いたものなので、恋愛した末に人間はどうなっていくのかという部分を書きたいと思ったんです。いっぱい傷つけあったり、うまくいかなかったり、すごい葛藤があったあとに、不思議な時間がやってくる。恋愛の果ての風景を書いてみたかったんですね。[注2]

――恋愛というものを徹底的に肉体の側から書いていらっしゃいますね。（中略）

川上　ええ。〝書く肉体としての私〟を意識してやってみたんです。人間関係はみんなそうですが、特に恋愛は肉体の部分がすごく大きいですよね。

この〈書く肉体としての私〉とは何だろうか。『溺レる』において〈肉体を書く〉ことの意味を考えてみたい。川上文学に食・性・死のモチーフが頻出することはよく知られている。[注3]榎本正樹は、三者がボーダレスにつながる点を川上文学の特徴と見ており、この傾向が特に顕著な『溺レる』では〈食と性と死が構造的にとらえられている〉と指摘[注4]している。食・性・死は肉体を中心化する問題系ととらえることができるだろう。『溺レる』に登場する男女のカップルは、情愛を交わしながらしばしば飲み食いを繰り返す。畳に垂れた枇杷の汁を〈わたし〉が舐めさせられる場面（「可哀相」）、〈わたし〉と〈ハシバさん〉が居酒屋で酒を飲み、帰り道で嘔吐する場面（「七面鳥が」）などは印象的だ。

短編「さやさや」は、〈メザキさん〉なる男と蝦蛄を食べに行く場面から始まる。〈えびみたいな虫みたいな色も冴えない〉食べ物と決め付けていた〈私〉は、ゆでたての蝦蛄の殻を剥きながら食べる美味しさに驚く。そして生卵の食べ方について〈メザキさん〉と語り合ううちに、〈なまたまごに穴をあけて吸ってい〉た叔父のことを思い出す。「さやさや」に登場する、柔らかい身に殻をもつ蝦蛄のイメージは〈なまたまご〉と重なりつつ虫のイメージを喚起し、他の物語へ連なっていくだろう。「神虫」の〈わたし〉は、青銅の虫を貰ったことをきっかけに〈ウチダさん〉との情交に耽るようになった。二人は「精をつけ」るために臓物と香草を煮立てた鍋をせっせと食べ、濃厚な情交を繰り返す。「神虫」には食と性の覆いようのない結びつきが描かれている。

川上は、糸井重里との対談（『みんなの言葉』を使う文学――『ババババブー』から、始まる。」「文芸」03・秋）で肉体表現について興味深い指摘をしている。セックスは元来禁忌であるゆえに快感より不快感をもたらすことがある、という糸井に対して、川上は〈肉体的に純粋に気持ちが悪いということより、精神的なものが、すごくありますよね〉と述べているのだ。また糸井が〈セックスはいいものだというふうに、思うように思うように、自分を動かしているという気がする〉と語ると、川上も賛成して〈ものを食べるのに関することもそうですよね。生まれてからおこなう本能的肉体的行動はたいがい。〉と付け加えている。

ここから窺えるのは、性や食といった〈本能的肉体的行動〉はコード化されている、という川上の認識である。性や食など肉体にまつわる〈本能的肉体的行動〉は精神と社会規範によるコード化に常にさらされているのだ。（注5）だとすれば、川上文学において〈肉体を書く〉とは、コード化の暴力にさからって生の〈肉体感〉がうごめく場を写すことである。

　　こんなに凄いものはそうそう長続きするものではないと、ときおり感じた。臓物を煮たりお互いの体に手練手管をほどこしあったりするのに忙しい合間に、頭で思うのではない、皮膚のどこかしらで、感じた。（中略）
　　いったい自分は何をしているのだろう、と合間に思いながら、ウチダさんを可愛がった。この男と、夜の夜中に、虫なんどと言われながら、このような妙ないとなみを、何の因果で、と、皮膚のどこかで感じながら、根をかぎりに、可愛がった。（「神虫」）

「神虫」で重視されているのは〈頭で思うのではない〉息づく皮膚の感覚、つまり肉体感覚である。このことは〈からだの、心の、ということはない。どちらがどちらというのではないのだ。〉という記述に直截的に表れている。体だけの関係と思い込んでいた相手に、〈舐めていた飴玉が口からころがり出てしまうよう〉に〈アイシテルンデス〉と言ってしまう〈私〉。〈愛しているという意味もよく判らないのに、天然自然にアイシテルンデスとついて出た。こんなこと言ってるよ、と頭の中で思う自身があって、それでも口からぽろぽろとアイシテルンデスが出てきた。〉―この場面の美しさは喩えようがない。この場面には、コード化されない〈肉体感〉が、生々しい力をもって自己を突き動かす性愛の現場が印象的に描かれている。

川上は〈肉体〉を書くことでコード化の暴力に対峙してきた。このことは、静謐な情調をたたえる川上文学が、その根底に前衛的な批評性を秘めていることを意味するだろう。さらに言えば、川上文学は〈小説は前衛的であるべし〉という近代的な文学観さえ問い直している。

近代批評においては、文学は前衛的であることが良しとされてきた。小説の使命は、旧弊な社会通念を転覆し、新たな価値観を作り出すことだとされたのである。しかし川上は、そのような文学観をいちおう認めながらも、現存の規範や常識をすべて否定することについては懐疑的である。例えば〈人間は幸福になりたいんだとか、なっていいんだとか、そういう、ものすごく素朴で基本的なこと〉[注6]は残り、どのような枠組みの中でそれを書くかを問い続けていきたい、という。

彼女の作品世界を支えるのは、〈普通のことを書いたつもり〉[注7]という穏やかなまなざしである。超—前衛としての〈ふつう〉。ただ優しげなだけではない、透徹した認識に基づいたしたたかな穏やかさが、川上文学が多くの読者に支持される理由ではないだろうか。

（聖心女子大学非常勤講師）

注1　各短編の初出は以下の通り。「さやさや」（「文学界」97・8）、「溺レる」（「文学界」98・1）、「亀が鳴く」（「文学界」98・4）、「可哀相」（「文学界」98・7）、「七面鳥が」（「文学界」98・9）、「百年」（「文学界」98・11）、「神虫」（「文学界」99・1）、「無明」（「文学界」99・3）

2　「川上弘美　全作品を語る」（「文芸」03・秋）。聞き手は榎本正樹。

3　久世光彦（「本の話」00・1）などの指摘。食と性愛のモチーフは、『センセイの鞄』（大町ツキコと「センセイ」は居酒屋で出会い、恋情を深める）にも顕著である。

4　前掲・注2

5　対談で川上は、近年まで根強く残っていた〈食べることを喜ぶのは恥ずかしいことだ〉という偏見や、最近の小説に見られる〈おいしさのことこまかな表現〉について触れている。

6　糸井重里×川上弘美『「みんなの言葉」を使う文学』（「文芸」03・秋）

7　「『光ってみえるもの、あれは』を語る」（「文学界」03・10）のインタビュー。〈いわゆる擬似家族ものの小説のまったくの反転形〉と評価する聞き手（編集部）に対して、川上は〈でも、なんか家族ってそういうものなんじゃないかなあ〉〈普通のことを書いたつもり〉とコメントしている。

『溺レる』――視覚の戦略――遠藤郁子

溺れるでも、おぼれるでも、オボレルでもない。『溺レる』（文芸春秋、99・8）という非常に印象的なタイトルの短編集である。この短編集には、表題作を含め八つの短編が収められているが、『溺レる』という、漢字・カタカナ・ひらがなが混在したタイトルの表記を見るだけで、この短編集に収められた作品すべてにおいて、使用される文字の一つ一つが、どれほど慎重に選択されているか、ということが読み取れるのではないだろうか。

八編のなかでも表題作「溺レる」は、題名だけでなく作中においても、表記のズラシがかなりはっきりと行なわれていることが示された好例である。タイトルの「溺レる」という言葉には、作中では〈オボレる〉という表記が使われている。〈アイヨクにオボレた末のミチユキ〉という具合に、この作品において、表記のズラシはたいていの場合、カタカナ表記の混入という形がとられている。「溺レる」という作品には、モウリさんとコマキさんという一組の男女が登場する。二人は〈少し前から、逃げている〉という。しかし、二人がなぜ逃げているかは判然としない。〈リフジンなものから逃げてる〉と言うモウリさんに対し、コマキさんは〈リフジンなものですか〉と〈ぽかんと口を開けてモウリさんを仰ぎ見る〉のである。

「まあ、昔からミチユキだのチクデンだの、そういう言い方あるでしょ。ぼくらもそれですよ、それ」モウリさんは言って、わたしの頬を撫でたりする。

「チクデン」またぽかんとすると、モウリさんはさらに撫でる。

「相愛の男女がね、手に手をとって逃げるっていうことですよ」

「はあ」

手に手をとって逃げていると言われれば、そんな気もした。そんな気もしたが、ほんとうにそうなのだろうかと、モウリさんの隣で横たわりながら疑いもした。


この作品において、カタカナ表記によるズラシは、モウリさんの発した言葉の中に出てきている。モウリさんの言葉を聞いたコマキさんには、その言葉がどういう意味なのかが分からない。説明されても〈ほんとうにそうなのだろうか〉と、疑問を抱いている。作品は、コマキさんの一人称《わたし》語りのスタイルで語られている。どうやら、こうしたカタカナ表記の言葉は、語り手である《わたし》＝コマキさんのある種の〈疑い〉を、表出したもののようだ。コマキさんが単純にその言葉自体の意味を知らないということとは関係ない。言葉が意味しているらしい内容が、コマキさん自身が抱いている実際の感覚と同じものを、本当に言い表しているのかという〈疑い〉であり、そしてまた、言葉を発したモウリさん自身、その言葉に対して、まったく違和を感じないで使っているのかどうか、という〈疑い〉でもある。

こうした〈疑い〉は、二人の関係のディスコミュニケーション状態を浮き彫りにしているという指摘も可能かもしれない。しかし、コマキさんにとって、この〈疑い〉は、二人の関係自体に対する不信に直接につながるものではない。むしろこの〈疑い〉は、相手との関係に対するコマキさんの拘りのようなものなのではあるまいか。だとすると、この〈疑い〉の存在こそが、人間がたった一人ではなく、二人でいるということなのだと考えることができるかもしれない。そして、語り手である《わたし》＝コマキさんのこうした拘りのありかは、作中において、カタカナ表記という形で読者の視覚に訴えかけてくる。その言葉がわざわざカタカナ表記になっていることで、読者は、コマキさんとともにこの言葉で立ち止まり、コマキさんの拘りに付き合って考えさせられることになる。タイトル「溺レる」における〈レ〉のカタカナ表記もまた、作品における二人の関係に対するそうした拘りの重要性を、象徴的に表していると考えることも可能だろう。

別の作品ではどうだろうか。「神虫」という作品では、〈わたし〉にウチダさんが青銅の虫をくれたことが始まりで、〈わたし〉とウチダさんは〈情を交わす〉ようになる。情交の最中、〈わたし〉は〈アイシテルンデス〉という言葉を口にする。この〈アイシテルンデス〉は、〈知らずに口から出て〉きてしまうもので、〈わたし〉は〈愛しているという意味もよく判らないのに、天然自然にアイシテルンデスと〉言ってしまうらしい。自分で発した言葉でありながら、なぜ〈アイシテルンデス〉が出てくるのか、〈わたし〉には分からない。その後も、〈わたし〉は〈アイシテルンデス〉について考え続けるが、やはり分からないままである。作中に突然登場する、この〈アイシテルンデス〉というカタカナ表記もまた、読者の視覚に直接に訴えかけてくる表記といえるだろう。読者はやはり〈わたし〉とともに、〈アイシテルンデス〉の意味を、立ち止って考えさせられることになるのではないだろうか。

この二作のカタカナ表記の例に限らず、この短編集では、読者の視覚に対して直接に訴えかける方法が、意識的に試みられている。また別の試みとして、もう一つ「百年」という作品について、考えてみよう。「百年」という作品は、〈死んでからもうずいぶんになる〉という書き出しで始まっている。〈私〉は百年ほど前に、サカキさんという男性と情死しようとしたらしいが、実際に情死を決行してみると、サカキさんは生き残り、〈私〉は死んでしまった。それから百年が過ぎた今は、〈サカキさんへの強い思いだけ〉がある。

『溺レる』に収められた八つの短編は、それぞれが一組の男女の物語になっている。この「百年」以外の作品では、少なくとも二人の人物が登場する。先に見た「溺レる」「神虫」もそうであったように、ともかくも一組の男女が二人でいる様子が、作品には描写されるのだ。しかし、「百年」では、二人は冒頭から死に別れてしまっているため、〈私〉はたった一人である。死んで〈からっぽ〉の〈私〉は、〈サカキさんへの強い思いだけ〉の存在で、他には何もない。そのため、この物語が語られている場には、〈私〉以外の他者は存在せず、作品全体は〈私〉の〈思い〉だけで満たされたモノローグになっている。

〈私〉が語る回想の中には、〈私〉とサカキさんとの対話が出てくる。この二人の対話に、この作品ではあえてカギ括弧が使用されていない。カギ括弧を使って区切らないことで、地の文と会話文の境目は見た目上なくなり、一続きになっている。過去に交わされた対話を回想している〈私〉には、この対話を再現できる相手はもはやどこにもいない。ただ延々と続く〈私〉の〈思い〉があるだけである。この延々と続く〈私〉の〈思い〉を表すために、視覚的効果を意識して、作品にはカギ括弧が使われていないという見方も可能だろう。

以上のように、『溺レる』の作品世界では、読者の視覚に対する訴えかけというものが、一つの戦略として、さまざまな形で用いられている。そして、川上弘美の作品には、この『溺レる』以外にも、また異なる視覚の戦略が展開されている作品が存在する。例えば『おめでとう』(新潮社、00・11)という短編集の中では、表題作である「おめでとう」という作品だけが、他の作品と文字の組み方を変えることによって、突出した印象を与えている。また、『パレード』(平凡社、02・5)という作品においては、文章のところどころに、意味ありげな空白が挿入されていたりする。このようなさまざまな視覚の戦略は、川上文学において、一つの重要な要素になっているといえるのではないだろうか。

(専修大学非常勤講師)

『溺レる』に溺れてはいけない——田村嘉勝

作品題名にまつわること　〈溺レる〉とは何か、それは〈アイヨクにオボレる〉ことだという。これは作品「溺レる」を含む八篇からなる短編集『溺レる』の、いわゆる共通のテーマである。各々の作品に登場する人物、彼らはひとえに年齢的に若い二人とは言い難いが、現実社会に迎合できないでいる。多くの人間が何かしらの苦悩を抱きつつも日々の社会生活を営んでいるうちにそれら苦悩は一時的にではあるが解消される。換言すれば社会生活を営むためには苦悩を抱えては責任ある業務を全うできない。そのために心機一転をめざしてリフレッシュ休暇などが企業によっては用意されているということになろうか。

しかし、この短編集に登場する二人の男女にはこのような現実社会は予定されていない。仮にこれを物語といってしまえばそれまでで、残念ながらそれは作品の真意を説いたことにはならない。

〈溺レる〉と〈逃げる〉ということ　種村季弘は「解説」（『溺レる』文春文庫）で〈逃げる〉について、

性的葛藤のない幼年時代に退行して行きたい。それが「逃げる」の意味なのだろう。大人であること、大人になることから逃げたい。逃げていたい。

と、記している。しかし、この〈逃げる〉の意味内容は、ある一つのことに偏執的になることによって、他の諸々の事情から解放される事実をも含んでいる。〈オボレる〉ことによってまわりはすでに見えなくなってしまい、もがけばもがくほどどんどん深みにはまっていく、これが〈オボレる〉の行く末なのであろうか。「さやさや」でのメザキとサクラ、「七面鳥が」でのハシバとトキコ、勿論「溺レる」でのモウリとコマキも例外ではない。この短編集収載の作品すべてにいえることである。現実社会に蔓延する諸事情から主人公たちは逃亡を試みる。そして、自分たちが逃亡者であることを認識するがゆえに、あるいはそのことを忘れようとするために〈アイヨクにオボレ〉てしまう。二人のこの行為は二人の愛に満ちたその結果としてなされるものではなく、自分たちが社会からの逃亡者であることを忘れるためになされるものなのである。

後で二人になったときにモウリさんに、

「気がふさぐの」と聞くと、モウリさんはまたため息をついて、

「自転車うまくならないなあ」と答えた。「この仕事、向いてないんじゃないかなあ」「向いてるも向いてないも」と笑うと、モウリさんは突然のしかかってきて、

「アイヨクにオボレよう」と言った。「今すぐアイヨクにオボレよう」

「もう昼近いよ」答えると、泣きそうな顔になって、

「コマキさんが好きでしようがないんだ」と言いながら、胸やくびにやたら接吻を降らせた。それから、急いで、アイヨクにオボレた。

種村の見解によるまでもなく、この場面の二人にはもはや〈性的葛藤〉などはない。二人にとって〈アイヨク〉は逃亡という認識から逃れるための偏執的な一行為にしか過ぎないのである。

〈溺レる〉ことは〈生きる〉ために必要か　大人になることを嫌い、そこから逃げ続ける。そして、逃げ続けることにやや抵抗を感じると、〈アイヨクにオボレ〉てしまう。しかし、それぞれの作品に登場する二人の男女

はやはり反省したり、あるいは疑問を抱くこともある。二人は互いに語り合うことがないけれども察しはついている。各作品の登場人物が今後生きていくためには〈逃げる〉行為を捨象しなければならないのだが、完全に大人になりきってしまえば〈逃げる〉ことを忌避するものの、〈大人〉になることを避けているのだから、いつしか安易な〈溺レ〉る行為にはしってしまう。各短編は、内容こそ違えて描かれているが、底流には共通のものがある。それが〈恋愛〉なのか〈性〉なのか、いずれも妥当性を帯びているが正解ではない。むしろ、〈アイヨクにオボレる〉ことこそが一面的・一方的であることを主張したい。

私たち読者として願うこと、それは二人の男女が大人を嫌い、大人になることを避けるのは不可能なので二人には正々堂々と立ち向かう姿勢が必要であり、たとえ紆余曲折の末〈溺レる〉ことがあってもあくまでそれは一過程であることを認識してもらう。そして、〈溺レ〉たことが、その後の人生に決して無駄にならないようにしてもらいたいのである。

リアリティを超えて

そうやって、百年が過ぎた。

サカキさんとの間にあった粘るものも、百年たった今では思い出すこともできなくなっているのに、サカキさんへの強い思いだけが残っている。

（中略）

清のようだね、というサカキさんの言葉をときどき思い出す。清は、ほんとうに墓の中で、坊ちゃんを待ったのだろうか。サカキさんは、待っていた私のところへは来なかった。百年が過ぎたが、何も変わらない。死んでしまったので、もう何も、変わらない。

『溺レる』の物語世界で、作品内の既存の知識では理解困難な物語内容に出会う。しかし、これも単に物語だから、とはいえない。ある種の空想の世界かも知れないし、あるいは現実と異界との交差ということになるのかも知れない。もちろんいうまでもなく〈アイヨクに溺レ〉ることもこの範囲に入ってしまう。

ところで、このような物語に、読者は何を見いださねばならないのか。先行研究で論じられているような言説では説明しきれないのではないか。大塚英志のいう〈機能不全に陥り空転する死と再生の物語をゆらゆらと生きる男女を川上弘美は描く〉は、一面うなずける論であろうか。かつて、『坊っちゃん』を説いた話で、坊っちゃんが松山に発つときには、清は既に亡くなっていたのではないかという。〈北向きの三畳〉が「死」を漂わせているのだと。

さて、こう考えてくると、各短篇に登場する二人は確実に現実世界に存在していたのかという疑問が出てくる。もしかすると、二人のうちの一方だけが生存していて、もう一方は既にこの世にはいないと考えられないか。つまり、二人の行く末がこれほどまでに、かなり無責任に行動しているのには、作品現実に登場する二人のうち一方だけが本来は生存していて、もう一方は作品内に実在する人物によって創造・操作されている人物なのではないかと考えるのである。だから、与那覇恵子が〈決して自他の融合はありえない〉と指摘するものの、彼女のいう〈自他〉とは、〈溺レる〉関係の実在する二人を指すのであろうが、ここでは、むしろ実在するのは片一方だけで、もう一方は相手によって創造・操作され、人格を持つ人物に仕上げられていると判断すると違った意味での〈自他の融合〉がないといえてくる。

作品内に実在する人物によって、もう一方が確立されてくるために二人はいつまで経っても融合することはない。『溺レる』はなかなか手の込んだ作品であるといえる。

（奥羽大学教授）

蜂蜜と私──『溺レる』──中上　紀

川上弘美の短編集『溺レる』を読んでいると、なぜか、蜂蜜の瓶の中でゆっくりと手足を動かしている自分が思い浮かぶ。瓶の中では、金色の液体が、吸い付くように私の身体を覆っている。狭い。蜂蜜と私。それだけしかないつまらない世界なのに、口や鼻、そして皮膚から染みこんだとろっと甘い液体によって、恍惚となっている。私が動くたび、蜂蜜も動いて私を愛撫する。私が息をすると、それに答えるかのように小さな泡が、ひとつ、ふたつと、瓶の上のほうに登っていく。だが、泡は、決して瓶から出ることはない。蓋はきっちりと閉じられている。私も、そこから出ようとは思わない。金色の液体を通して見えるガラスの向こうの風景はどんどん変わっていくから、そこへ行かなくてはならないと理性ではわかるのに、身体が、もうすこし、もうすこし、と、まるで起きたくない朝のように、瓶の中に留まり続ける。

そんなイメージが、とめどなく頭の中を流れていくのは、本書に収録されている小説が、どれもある意味〝わけあり〟な男女の風景によって構成されているからかもしれない。

ここでは、ほとんどの場合、主人公は自分の恋人、あるいは一緒にいる男性を、サカキさん、ナカザワさんなど、〇〇〇さん、と名字に〝さん〟付けというよそいきの呼び方をしていることからもそれはわかる。もっとも、例外として、「亀が鳴く」の主人公は恋人をユキオ、と呼び捨てにしているが、これは三年も同棲した相手だから当然であろう。名字に〝さん〟付けは、知り合ったばかりならともかく、親密な恋人同士の間では他人行儀に響く。だがそれでも、しらじらしくそう呼ばねばならないのが、〝わけあり〟の関係なのだし、またそう呼ぶことでより確定される自らの立場を楽しんでいたりもする。

もちろん、ここではその〝わけあり〟の恋人ばかりが出てくるわけではない。〈どこぞの会合で出会い、以来なにかと同じ場所に居合わせる〉メザキさんや、〈蹂躙してやりたい〉ハシバさんもいる。だが、どちらにしたって、男女であることには変わりない。それも、肉体関係があろうとなかろうと、一貫してよそいきの範囲内にいる男女だ。だから、小説の最初のほうに、○○○さん、と出てきたら、脳の隅っこにある信号のようなものが、ピリリと鳴る。ピリリ。これは、よそいきにしていなくてはならない、わけありの恋愛の可能性大。不毛で、危険で、はまると抜けられない。気をつけたまえ。気をつけたまえ……。しかし、実はそんな信号に気づく頃には、もうとっくにわけありの瓶の中に足を半分突っ込んだ状態にある。瓶は、やがて金色の液体でトクトクと満たされていく。著者がペンの先から零す、甘く心地よい蜜の世界に、いつのまにか虜になっている。

川上弘美は、男女のやりとりの、何気ない一瞬を風景と一緒にたくみに絡めとる術を持っている。それが、まるで食虫植物のように読者を捕り込んでいく。捕らわれたと読者が気づいた時には、もう、逃げだせなくなっている。

> おしっこしたくなると、さみしい気持ちが増した。したらいいよ。メザキさんはつなぐに少し力をこめた。
> …中略…しゃがみながら空を見上げると、雨が自分だけを目指して降ってくるように思われた。（「さやさや」）

このくだりを読んで、私は自分の幼児期の記憶と向き合ってしまった。幼稚園の頃、私はよく先生に叱られる子供だった。皆の前で怒鳴られたりしていると、恥ずかしさと同時に、孤独感に襲われた。その孤独感が、なぜか尿意を呼んだ。漏らすまいと、私は閉じた足にぐっと力を入れた。上のやりとりは、そのときのことを思い出させてしまう。もっともこちらは、尿意が孤独を呼ぶという逆のパターンだが、要するに、放尿、すなわち、排泄とは、孤独な作業なのだ。誰かに付き添われてそこにやってきても、身体から尿を出すのは、自分ひとりでしかできない。たぶん、人が始めて孤独を感じるのは、自分で便器の上にしゃがんで（あるいは座って）用を足すことをおぼえたときかもしれない。

「さやさや」の主人公は、恋人でもないメザキさんに、おしっこがしたくなった、とまるで子供のように訴える。放尿中に空を見上げ、雨がまるで自分だけを目指して降ってくるようだと感じる。〝おしっこ〟がもたらす孤独感は、彼女を幼児期に回帰させる。草むらにしゃがんだ彼女は、メザキさんにそこにいるの、と何度も確認する。いつのまにか、彼女の中でメザキさんは、彼女の回想に何度も現れる叔父になっている。メザキさんの困惑した顔が何となく、想像できる。なぜなら、メザキさんにとって彼女は姪でも娘でもなく、目の前にいる普通の女で、酔っているとはいえ、手を握ったり、キスをしたりといった欲求が生じる相手なのだから。

しかし、主人公がメザキさんとの関係にまったく性的な可能性を感じていないと言ったら嘘になる。尿意は、性的な快楽への渇望とどこか紙一重のところにある。そこに〈さみしい気持ち〉、さらに〈自分だけを目指して降ってくる〉雨が加わり、この二人が、恋愛の境地に落ちていくための崖っぷちに立っていることを、匂わせている。上っていくのではない。落ちていくのだ。

それでは、もうすでに落ちてしまった男女はどうなるのか。表題作である「溺レる」に出てくる男女は、ただ、ひたすら、どこかへ向かって逃げ続ける。

モウリさんといつまでも一緒に逃げるの。その言葉は言わないで、モウリさんに身を寄せた。モウリさんは小学生みたいになって泣いていた。…中略…部屋は十分おきに揺れ、モウリさんのからだは暖かかった。…中略…ここはいったいどこなのだろうと不思議に思いながら、モウリさんに身を寄せていた。（「溺レる」）

本書に出てくる主人公が誰かと恋愛関係になるということは、すべてのものを捨てる、ということに等しい状態を表している。抱えているものを全部捨ててしまえるほど相手の男を熱愛しているからか。もちろん、それもあろう。それに、わけあり、すなわち不倫などのある種のボーダーラインを越えた恋を成就させたければ、そうせざるを得ないとも言える。しかし、私には、どうも主人公たちが、愛しい男の心や身体をも突き破った、もっと遠いところにあるものを愛しんでいるように思える。

「溺レる」では、モウリさんと一緒にあてもない逃避をしながら、主人公は幼い頃に遅い家路を辿ったときの、〈ゆらりとした気分〉を思い出す。私にも経験があるが、遅くなり、夕焼けに染まった道を家に向かっているとき、叱られるとわかっているのに、いつもと違う風景に妙に楽しい気分になった。〈どんなに怒られても死にはしない〉という、投げやり、あるいは開き直りの気持ちが、心地よい浮遊感を生んだものだ。まるで、いきなり船から海に投げ出されたかのようだった。海で、捕まるものが何もなければ、人は泳ぐか、漂うしかないが、私なら断然後者である。波の間に間に身をまかせ、やがてどこかに辿り着く。

この小説の主人公は、モウリさんとの恋愛を言い訳に、実はその〈ゆらりとした気分〉を堪能したかった、という風にも見える。一方モウリさんは、海では漂うのではなく泳ぐほうなのだろう。いままでたくさん重いものを抱えて、泳いできた。泳ぐのが嫌になり、重い荷物を捨て、主人公と逃げた。けれども、やっぱり、泳ぐしかなかった。時々、捨てた荷物や、やがて辿りつくであろう〈アイヨク〉や〈ミチユキ〉の果ての結末が待っている岸辺を思い、涙を流す。死んでしまいたくなったりもする。主人公はそんなモウリさんに寄り添いながら、ますます〈ゆらりとした気分〉のことを考えている。
本書に登場する男女の間に流れる時は、現実のスピードとは矛盾していることが多い。恋人たちが故意に時間を忘れようとしているのか、あるいは、どこかの知らない人が勝手に決めた〝時間〟という枠組みに、彼らの関係が収まりきれないためか。

日は過ぎる。過ぎていったって、どうということないのに、ウチダさんと濃密な時間を持っているときには、過ぎることをじっとかんがみてしまったりするのが、不思議だ。（「神虫」）

時間を忘れたいのではない。忘れたかろうとなかろうと、勝手に流れていくのである。ウチダさんと身体を重ねながら、主人公は時々ふと顔を上げ、考える。いま、何時なのだろう。今日は、昼を食べたのだろうか。こんなことをしていて、いいのだろうか。たぶん、そんなようなことを考えている。しかし彼女はその〈濃密な〉世界から出ることはない。それそのものが心地よいというのももちろんだが、何より、ウチダさんとの情事は、彼女にとって時間のことなど当然棚に上げるべき大切な行為だからである。なのに、彼女はそれでも、気にしてしまう。腕時計のカチカチカチという音が気になる。時間が過ぎていくことに、敏感になる。それは、外の時間が自分の意思とは関係なしに過ぎていくことへの焦りであると同時に、ウチダさんとの時間を止めることができない寂しさでもある。矛盾する二つの時間の間を、彼女もまた、漂い続ける。

トウタさんは私の手から鋏を取り上げ、自分で小鼻を押さえ、はみだした余分の毛を器用に切り取り、ティッシュペーパーに落とした。うまいものだった。こんなところで、トウタさんが鼻毛を切るのを見ているなあと、ぼんやり考えた。（「無明」）

こちらは、過ぎ去っていく何気ない一瞬の、何気ない行為についての描写である。それが、記憶の隅っこにいつか置き去りにした風景を呼び起こす。読者は〈ああ、そんなことを、思うよなあ〉と、自分の経験に重ねてみたりする。似たような経験がなくとも、不思議と、経験があるようなつもりになってしまう。

ここに収録されている小説のすべては大きな時間の流れよりも、主人公たちの心の揺らぎやさりげない行為によって構成されており、それが独特の時間の流れを作っている。読者はまるで魔法にかかったように、本当の時間よりもこちら側の時間に忠実になってしまう。もちろん、両者の矛盾そのものを、楽しみながら。

蜂蜜の瓶の中から抜け出せるのはいつだろう。〈このままここにいるのかな〉と、主人公がモウリさんにきいたように、私もつぶやいてみる。もちろん、甘い金色に覆われたまま、ゆらりと漂っている、自分に向かって。

（小説家）

『おめでとう』——鈴木和子

「男と女」に限らず様々な恋愛模様が語られている一ダースの短篇集である。

ほとんどが非文芸誌に発表されたということからか、全体を貫くテーマがあるというわけではないように見える。登場人物たちは〈どこか浮遊していて現実の生々しさがない〉（「ダ・ヴィンチ」00・2）というのがぴったりくるほどだが、この書評は続けて、〈でも不思議とその思いは〉〈ずっと心に余韻を残すのだ〉と評している。

例えば、唐突な会話が始まる。「いまだ覚めず」で、

「海苔巻きを食べていました」／昔タマヨさんと交わした睦言などをタマヨさんの庭先に立ってぼんやりと思い返していると、タマヨさんが突然に言った。／「海苔巻き?」／聞き返すと、／「海苔巻き」／涼しい顔で答えた。／「あなたと最後に二人で会ったとき、あなたは海苔巻きを食べていました」

芳川泰久は、突然のタマヨさんのセリフと、〈あたし〉が聞き返して続いていく会話は、〝揺れ〟を〝吸収〟するように、バランスを取るように振れ返し、〈二人の仕草のように寄り添った対句が、十年の時間のあとに再会した女どうしの思いをひそやかに受けとめ、それでいてそうした起伏が必ずしも物語の行方を予想させないとこ

ろに、一篇の魅力がある。〉(「文学界」00・3)と評価している。

ここで言われている〝揺れ〟が、生々しい現実から浮遊しているとも感じられるところだろう。

あるいは「春の虫」で、

ショウコさんからの電話の最中のある瞬間に、二人して、/「なんかやんなっちゃった」と声が揃ってしまったのだ。やんなっちゃったからには、旅に出るしかないんではないでしょうかと言いあい、その場で行く先と日にちが決まった。


なども、軽やかに現実を飛び越えて浮遊している心地よさだ。

唐突に始まる会話は、リアリティが削がれてしらけてしまうものだが、上質の小説に織り込まれると、幻想的にさえなる。

「ばか」では、終電後、酔って線路を歩いている藍生の前に電車が停止した。〈『保線車輌』と電車の横腹には書かれている。〉前部に、肩にちいさな犬をのせた運転士が座っていた。「こんばんは」と平然と挨拶する藍生に、

「はて面妖な」運転士は藍生の顔をまじまじと見て、答えた。(略)「このあと、どちらまで」さりげない口調で、運転士もつづけた。/「ちょっとそこまで」藍生は、運転士に向かって、ひょっとウインクをした。/「それはようございますね」運転士も、ひょっとウインクを返した。

松本零士の漫画にでも出てきそうな場面だ。〈ほんらいは藍生は呑気なたちだった〉が、妻子ある男との〈あまりにうつくしいことがら〉で、〈現し世の酒には、酔わなく〉なっていた。その時は女友達と愉しく飲んで珍しく酔い、また、その〈愉しんだのと同じだけ、男のことを深く感じた〉晩だった。危なっかしく、共感できそうな、そうでもないような、「浮遊」を感じさせる一編だ。

一方、本間祐は〈リアリティの錘〉の役目を果たしているのが〈食欲〉だと述べている（「長篇味《あじ》の短篇集」「ユリイカ」03・9）。その〈食欲〉とは、〈食と性と死がボーダーレスにつながって〉（「川上弘美　全作品を語る」「文芸」03・秋）いると指摘されているように、登場人物たちのエロティックな雰囲気を象徴していて興味深い。

「いまだ覚めず」のタマヨさんは小田原の飲み屋で「あいしてる」と言うわたしを尻目に生蛸をむつむつと噛む。〈むつむつ噛む〉のは、口中の粘膜と一体化しているような、ぬるぬると噛みごたえのない生蛸の中で、吸盤の部分を噛みきる感触だろう。違和感とも快感ともつかないその食感は、タマヨさんの〈あたし〉に向けた些か冷ややかな眼差しまで生々しく想像させる。

「冬一日」では家庭を持っているもの同士が毎週、昼間の一時間半に限って逢瀬をしている。たまたま年末に少し長い時間、会えることになった。二人はスーパーで買い物をし、鴨鍋を作る。小泉武夫は、大正時代に広まったお好み焼きの流行について、〈当時は、この遊戯的料理がなんとなく不如意に感じ取られ、芸妓や一部の芸能人に持てはやされて広まった。だから、この流行の底には、例えば好きあった男女がお好み焼きを焼くという心情淫靡な感覚に通じて、互いに向き合って食べることに、次の行為への暗黙の了解を感じさせたりする点は、何となく日本人的風情がある〉（『食に知恵あり』日本経済新聞社、96・9）と述べている。お好み焼きと同じように、鍋物も遊戯的要素をもつ料理だ。普段はホテルで逢うだけの彼らが向き合い、〈紅色の豊かな鴨肉〉で鍋を作り、より濃密な時間を過ごす。その日はそれだけで、駅であっさり別れているが、別れ際にトキタさんが言った〈百五十年生きることにした〉という言葉も、突飛な印象よりも切ない余韻を残す。

斉藤美奈子は川上文学に出てくる食べ物は〈昭和三八年からあまり進化していないのである。スパゲティ・ペペロンチーノなんちゅうものは出てこない〉（「川上弘美は溺レない」「文芸」03・秋）と述べているが、大人の機微を表現できる「枯れた」食べ物が効果的に用いられている、ということなのだろう。

最後に「おめでとう」である。

食べ物に限って言えば、生きてゆくのに最低限必要な飯と魚に収斂されている。

いままでの男と女の愛憎も、どっぷりつかって近くで見ればぼろぼろかもしれないが、時が経つと荒涼とした さびしいところに建ち残り、それでも美しい千年後のトウキョウタワーのように見える。最後に残ったのは「おめでとう」という、穏やかで美しい言葉だ。

「二〇〇一年宇宙の旅」のエンディングシーンのように、遙かなところから慈しみの目を向けている、そんな作者の眼差しが感じられる作品集である。

（近代文学研究者）

『おめでとう』——ミレニアムの〈わたしたち〉——野口哲也

それが「現代」を引き受けることだと肯定するにせよ、「物語」の機能不全とか「恋愛」の不可能性などと言い切ってしまえば、何かに目を瞑って（瞑っているのでそれが何なのかはわからない）恋愛らしきことをしながら、時に川上弘美の物語などを読んだりする者の気持ちというものは、浮かばれない。そういう絶望や希望に無効を言い渡さずに語り続ける作家として、川上弘美は受け取られている。だからほとんど廃墟に近い〈トウキョウタワー〉を眺めながら、誰かが「わたしたち」に「おめでとう」と呼びかけるのだ。

物語というべきか、ただの語り（文体）と言うべきか、ここに収められたそれぞれの短編は、その初出媒体に合わせて、〈わりと現実的な話が多い〉らしい（「川上弘美全作品を語る」「文芸」03・8）。ただ、川上弘美がくりかえし用いるオノマトペや鸚鵡返しのような対話ならぬ会話は、その作風を童話やファンタジーに近づけているとも言われる。対話が成立しないような事態を究き詰めれば、〈わたし〉と〈あなた〉はほとんど交換可能な存在となるだろう。『おめでとう』の一種すきとおった文体も、即かず離れずの関係を保ったペア（カップル）を、もと一体であったかのように描いている。〈私（わたし・あたし・ぼく）〉と、もうひとりの私の関係。表題作「おめでとう」に至っては、〈あなた〉〈わたし〉〈わたしたち〉がどこにいるかさえほとんど不確定だ。先に「廃墟」としたのは、時間が無限に引き伸ばされているようにも、ゼロ化されているようにも見えたせいだが、「誰か」

としたのは、一読して〈わたし〉という声の主を見落としていたからだ。それは呼びかけなのかモノローグなのかさえはっきりしない。『おめでとう』の〈わたしたち〉は、どこに立って語りかけているのかわからないような、とらえどころのない存在なのであり、これを川上は「現実的」と言っているのだ。

「いまだ覚めず」でも「夜の子供」でも〈私〉は、もうひとりの私と〈最後に会った〉のは何年も前なのに、〈そうそう変わることもあるまい〉〈昨日の続きみたい〉と感じる。〈私〉はタマヨさんとふたたび分かれて、〈十二年前のあたし〉そのものである写真の〈くしゃくしゃをのばそう〉として〈焦げてしまった〉ような、またそれを見つめているような、何かが欠けた状態にある。「どうにもこうにも」の〈私〉も〈縁〉あってモモイさんに取り憑かれたが、〈去ってほしいと願っているのかそうでないのか、自分でも定かでない〉し、「天上大風」で最後に泣いているのは、失恋した〈私〉の相談相手だったはずのミヤコさんの方である。ミヤコさんは〈私〉に感染したのだろうか。「春の虫」のショウコさんと〈私〉は入社も退社も〈まったくおんなじ〉で、〈かれこれ十年来のつきあい〉である。〈もの言いたい〉たちのショウコさんとは反対に〈もの言いたくない〉たちである〈私〉なのに、電話で話すうちについ〈もの言いたく〉なり、あげくは〈声が揃って〉しまう。この二人、「なんかやんなっちゃった」ときて旅に出たのだが、結局は〈くちびるを重ね〉〈抱きあった〉という。ショウコさんはショウコさんで、恋人に貸し倒された五十万円を〈けっきょく自分のこととして、誰にも相談せず今までいた〉のに、〈私〉に〈正解〉を言い当てられてしまう。〈あたしの場合とショウコさんの場合〉の違いはすなわちショウコさんが〈騙された〉のか否かを問うことだが、〈それはちょっと違う〉〈おおまかに言うと同じ〉〈でもやっぱり違うような気がする〉などと、その答えは揺れ続ける。

〈わたしたち〉という対《ペア》は、そこに差し挟まれる声や音の反復によって差異が解消され、生まれ変わった〈私〉

に対面しているかのようなイメージを呼びおこすが、それでもひとつに溶け合ってしまうことはない。そこから導かれるのが、「夜の子供」「ぽたん」に繰り返されている〈握手〉だ。かつて〈共に過ごした〉恋人・竹雄に〈聞き返されないのに〉〈しごく「元気」と繰り返した〉〈私〉の自意識、それは〈誤解されたくないと思っている、と誤解されたくない……とも誤解されたくなかった。ぐるぐる〉と空転する。そこでは、差し出された好物のイチゴミルクも〈今の彼女の、好物なんでしょ〉などという想像を容易に招いてしまうし、〈「こんな」男である竹雄〉にも〈「こんな」をおめおめと好きになっていた自分〉にも同じように〈腹が立っている〉のに、〈しっくりくる〉のはどうしようもない。単なる未練として切り捨てられかねない悲しい性だが、『おめでとう』という短編集にあって、それらはむしろ井上を介したモモイさんと〈私〉との〈縁〉を思わせる。そうした差異と反復・同一性を確かめ合う（しかない）ように、二人は手を握りあうのだ。同じように、〈約束〉もしないで〈なんとなく〉逢瀬を重ねるミカミさんと〈私〉もやはり、〈何回でも〉それを求める。

川上弘美は前掲インタヴューで、表題作について〈私のいちばん「来ちゃう」タイプの話なんです。SFでいう終末テーマですね〉と語っている。このミレニアム短編集にふさわしく、『おめでとう』のほとんどの設定は〈大晦日〉〈死〉〈別れ〉など「終わり」を連想させるものだ。「ミレニアム」はここに所収された短編群の発表時期と重なって様々なメディアで取り上げられた流行語だが、千年紀としての西暦二千年は、百年ごとに明確な終末意識やその表象をもたらしてきた世紀末のそれとは異なる。というか、それが感覚的に「終わり」だったのか「始まり」だったのかが曖昧だ（公式には「終わり」らしい）し、川上自身もそうした記憶を語っている（「世界の終わりの『サザエさん』」『あるようなないような』所収）。そういえば、「冷たいのがすき」の〈クリスマス〉は「冬一日」の〈年の暮れ〉に似た逢瀬だが、それは言うまでもなくキリスト生誕という「始まり」の日だし、このイベントは六年目を数えている。「終わり」が「始まり」に隣接して、くり返される（くり返された）ものとして描かれていることは、そのような文脈に置かれたものとして頷ける。彼ら〈非公式恋愛者〉が〈ほんとうの意味をきっと知っていながら、わざとずれた答〉をしたりするのは、第一に〈煮詰まっちゃう〉のを避けて関係を維持していくためだが、それはまた終わり、始まるミレニアムの時間のためでもあるはずだ。だから「ぽたん」と〈芙蓉が落ちる〉ことも「川」の〈最後のおひさまの匂い〉ももちろん、直線的な時間の「終わり」ではない。それらは反復し、どこまでも流れ、〈わたしたち〉はいつも〈回数券〉を使って待ち合わせているのだ。「夜の子供」で〈私〉が〈竹雄と一緒だけどいつでも一人に戻れるような気がしていたから、幸せだった〉と感じ、竹雄もそれを〈ちっとも不吉と感じていない〉のも、互いに自律した関係を示すような質のものではない。〈朝に生まれたから、しあわせだ〉という〈私〉と、〈夜に生まれたから、そんなにしあわせじゃないかもしれない〉竹雄だが、〈だれだってちょっとはしあわせだ〉という〈やがて宇宙が終わっても〉〈ぐるぐる〉巡っている円環のなかに回収されて手を握り、〈からっぽの頭〉で〈途方に暮れる〉しかない。とすれば、〈いつか死ぬ〉ことと〈今死にたい〉ことが〈少しだけつながっている〉ショウコさんの、〈あたしね、何回か死にたくなったわよ〉という言葉もまた、「また終わる」と曖昧に反復する終末意識の現れかもしれないし、そうした時間にあってこそ「どうにもこうにも」のモモイさんは〈私〉に取り憑いたのではないか。

「運命の恋人」の円還的時間は原形的にすぎるかもしれないが、千年に一度の「おめでとう」は、そのようなミレニアムの〈わたしたち〉の差異と反復を、時制・オノマトペ・人称にわたる技巧を駆使して散りばめた、目映く、恥ずかしいばかりの現代の恋文である。「おめでとう」と言われたら、芸もなく「ありがとう」と応えるか、「おめでとう」とくり返すしかないではないか。

（東北大学大学院生）

『センセイの鞄』——昭和という時代への挽歌——

岩崎文人

長嶋茂雄、ミスタージャイアンツ。現役時代の数々の伝説はともかく、昭和五十年から五十五年までと平成五年から十三年までの二期通算十三年間、読売ジャイアンツの監督を務め、その間、リーグ優勝五回、日本一には二度輝いた。

センセイは、熱狂的とはいえないまでも、よほどの巨人びいきであり長島のファンである。居酒屋で巨人対阪神戦の実況がラジオから流れる。センセイは、巨人の優位に大きく頷き、得点にからむヒットには声をあげる。に対して、〈わたし（ツキコ）〉は、典型的な〈アンチ巨人〉。阪神が劣勢になると、巨人嫌いの血が騒ぎ、びんぼう揺すりをしながら、センセイの問いには関係のない応えを発する始末である。巨人が勝つと、センセイは、長島の采配を褒めながら、お互いの酒やつまみに立ち入らないことを旨とし、注文は各々で、酒は手酌でという暗黙の不文律を無にし、〈わたし〉に酒を注ぐ。器用に、一滴もこぼさず、見事に。

センセイと〈わたし〉が口をきかなくなるきっかけとなったのがこのラジオ中継であるが、その時のセンセイの言辞〈ワタクシは、むろん巨人です〉、〈日本人なのに、巨人が嫌いとは〉は、間違いなく、現役時代の長嶋茂雄の数々の伝説を目に焼き付けた者（世代）のそれである。『センセイの鞄』の中を流れる現在は、おそらく、『センセイの鞄』が雑誌「太陽」に連載開始となる平成十一年七月に近い、長島第二期監督時代であろう。センセイは七十歳前後と推定されるので、昭和初年代の生まれとなり、昭和という時代と共に生きてきたということになる。むろん、戦後スポーツ史に燦然と輝く長島茂雄を同時代の者として。

『センセイの鞄』の作品内現在はたしかに平成であるが、じつは、この作品には、センセイに表象される昭和の時間がゆったりと流れている、といってよい。川上弘美の作品の中でもこの作品がとくに多くの読者を獲得し、映像化（久世光彦演出、筒井ともみ脚本）されたドラマが高い評価を受ける、といった要因の一つは、『センセイの鞄』全編にただよう郷愁と呼んでもよいようなある種の懐かしさ・古風さであり、その庶民性である。たとえば、主要な舞台となった駅前の一杯飲み屋・居酒屋である。そこには、むろんテレビはない。主人サトルの趣味の一つはきのこ狩りであり、勘定は鉛筆を使って紙に計算される。出されるつまみといえば、まぐろ納豆、蓮根のきんぴら、塩らっきょう、そら豆といった具合である。ここには何よりも庶民的親近性がある。

ツキコは、かつて一度だけデートしたことのある高校の同級生小島孝と同窓生恩師らとの恒例の花見会で再会、ビルの地下にある小島行きつけの〈バーまえだ〉に連れて行かれる。そこでのメニューはチーズ入りのオムレツ、チシャのサラダ、牡蠣のくんせい。酒は赤ワインから始まり、小島がウオッカベースの、ツキコがジンベースのカクテル。以後ツキコは小島と四、五回つき合うが、この場所に自分がいるべきではないような気がし、いつも消しようのない違和感を覚える。

松本春綱先生と大町月子とが再会して二年、センセイ言うところの〈正式なおつきあい〉を始めてから三年のふたりの経緯は、松本先生は片仮名表記のセンセイとして、〈わたし〉月子は同じく片仮名表記のツキコで通される。が小島と〈わたし〉のデートを描出するとき、川上弘美は、周到に、センセイは松本先生、〈わたし〉は月子と漢字表記する。

このことと密接なつながりがあるが、『センセイの鞄』がベストセラーになったもう一つの要因は、この作品のメルヘン性にある。がしかし、ここでわたしは、三十代後半の女性と七十歳前後の男性、しかも先生と教え子といった恋愛の有無またそのリアリティに言及するつもりはない。きわめて稀な例であるということを記せばこと足りる。指摘したいのは、センセイと〈わたし〉とがともに現実的桎梏から解き放たれているということである。それは、この作品の劈頭二行に象徴的に示される。

正式には松本春綱先生であるが、センセイ、とわたしは呼ぶ。

「先生」でもなく、「せんせい」でもなく、カタカナで「センセイ」だ。

松本春綱先生の妻スミヨは、十五年前に男と出奔し、最後は、三時間ばかり歩けば一周出来るという小さな島で、めったに通ることもない車にひかれて亡くなる。たった一人の男の子は、母親としっくりいかず、高校を卒業すると遠くの大学を選んで家を出、そのままその地で職を得、結婚する。スミヨ逐電の前、孫が生まれてもいるが、行き来はない。かくして、松本春綱先生は、センセイとなり、通常背負わなければならない家庭的桎梏のいっさいから自由になる。

月子の場合も、事情はさして変わらない。月子は、親元を離れ他郷に住んだこともあるが、今は生まれ育った実家のある町に暮らしている。町内に母、兄夫婦、甥姪がいるが、正月に帰るだけで、平素のつき合いはほとんどない。月子は家族というしがらみから逃れツキコとして生活しているのである。

このように家族、あるいは地域共同体からまったく自由に、センセイとツキコは個と個としてつき合っているのである。いかにも現代風に、いささかの誹りを覚悟でいえば、飛んでるふたりとして。

が、さきにふれたように、この作品を流れている空気はじつに古風で、流れている時間はゆったりとしている。

センセイの家にはじめて上がったときに見せられるのは、旅の途次買い求めた、今ではプラスチック製になってしまったお茶の容器、汽車土瓶の数々であり、ビニール袋にしまわれている使い古しの乾電池である。その一つひとつには、黒マジックで使用されたものの名が記されており、それぞれ伊勢湾台風時（昭和三十四年九月）の電池、はじめてカセットテープレコーダーを買ったとき使用したもの、等々と分かる、といった寸法である。〈白日のもと〉でのセンセイとツキコとが最初に描かれるのは、八の日に立つ市への散策である。露店には、地下足袋、古着、古本などが並び、古いレコードプレイヤーにはＬＰがかかっている。センセイが買ったのは、雄と雌一羽ずつのひよこ。センセイと再会してから二年、センセイがツキコに言ったのは「ワタクシと、恋愛を前提としたおつきあいをして、いただけますでしょうか」というていねいな、美しい響きをもつものであった。

センセイはツキコの乱暴な、あるいは品位のない言葉づかいをしょっちゅう正してもいる。たとえば、「ツキコさん、その『ございます』の使い方はヘンですよ」、「くそったれとは。妙齢の女性の言葉にしては、ナンですねえ」、「若い女性が、尻、などという言葉を使ってはいけません」といった具合に。

そういえば、使うことを良しとしないセンセイに、ツキコが携帯電話を持たせようとしたときのセンセイの受け入れ条件は、「ケイタイという呼び方はしないでください」というものであった。その携帯電話がツキコにかかってきたのは、センセイとツキコが結ばる日のセンセイからの呼び出し一度だけであった。

こんにちケイタイが氾濫し、ツキコが夜道で歌った文部省唱歌「スキー」も「花」（武島羽衣作詞、滝廉太郎作曲）もいまや子どもたちに歌われることはほとんどない。『センセイの鞄』は、センセイに表象される過ぎ去ったよき時代への、あえていえば遠くなりつつある昭和（昭和史が内包する負の側面はここでは問わないとして）という時代への挽歌であったのかも知れない。

（広島大学大学院教授）

『センセイの鞄』——伊良子清白の〈漂泊〉へ向けて——

深澤晴美

「太陽」に十八回に亘って連載された『センセイの鞄』（99・7〜00・12）は、〈連作だったんで、書いているうちに、考えていきました〉（『江國香織ヴァラエティ』新潮社、02・3）という。これを裏付けるように、刊行（平凡社、01・6）の際には、初出第二回の「干潟」を第十四章に「干潟——夢」として移し、第四回の「パレード」を削除し、〈『センセイの鞄』のサイド・ストーリー〉として別に刊行する（同、02・5）等、大きく改変された。（注1）ここでは紙幅の都合もあり、初出時と同様、単行本の冒頭と末尾に伊良子清白の詩が引かれたことに注目したい。ツキコを語り手とするこの作品では、芭蕉の句や「スキー」の歌詞等も引用されるのだが、センセイが清白の詩を唱えたことが回想される第一章末と呼応する形で、最終章末では〈教わった詩とは違う詩〉をツキコが〈声に出して部屋でひとり読んで〉いる。〈センセイがいなくなってから少し勉強しましたよ〉と〈つぶやいてみる〉現在時（それは連載終了時点でもある）のツキコにも、清白の詩は殊に大切なものと受け止められており、これを一つの喚起力として、センセイとの日々——冒頭には、〈数年前に駅前の一杯飲み屋で隣あわせて以来〉〈往来するようになった〉、末尾には、再会してから二年（初出では五年）、〈正式なおつきあい〉を始めてからは三年を〈共に過ごした〉とある——を辿り直していくのが、全十七章に纏められた『センセイの鞄』なのだと言えよう。

〈文語定型詩から口語自由詩へと激しく変動する歴史の「あいだ」に出現し〉、〈『孔雀船』一冊を残して明治の詩壇から消え失せた〉(注2)清白のありようは、自らを〈古くて結構〉と言い、鞄一つをツキコに遺していったセンセイを思わせもする。そのセンセイが初めてツキコを家に招いた時、〈月がこうこうと輝いている〉中で唱えたのが、『孔雀船』の巻頭詩「漂泊」全六連中の第三連である。〈河添《かはぞひ》の旅籠屋《はたごや》〉で〈哀れなる旅の男〉が〈いと低く歌ひはじめ〉、月光の下に〈嬰子《みどりご》の昔に〉帰っていくという詩と歩調を合わせるかのように、『センセイの鞄』も語られ始める。第一回のタイトルは「月と電池」だが、この後、随所に点描され、〈月子の月だな〉とも言われる月は、幻想的で哀切な清白の旅愁の世界を負いつつ、〈そのうちに全部死に絶える〉センセイやツキコ等、電池達の命を淡く照らしている。この時センセイから見せられたのが、〈昔、旅をしたときに〉買った汽車土瓶の蒐集であったのも興味深いが、この時点で早くもツキコが〈人との間のとりかたも、似ているのにちがいない〉と感じていたように、二人に於ける〈旅人〉性は、人との、或いは時代や社会、日常との距離感にこそあった。

〈恋愛と言うよりは、のめり込まない、距離のある関係〉を書きたかった、〈連載の半ばまで、あれが恋愛になるかどうか自分でもわからなかった〉(「婦人公論」02・1・22)、ツキコとセンセイが〈主人公〉だが、〈途中までは、ちょっと知り合った男女ならば、任意の人間でいいという話〉(「文学界」03・10)と作者も明かしているが、書き進むにつれて二人は変容していったようである。当初は、〈たまたま居合わせるだけ〉で〈数週間顔を見ないこともあるし、毎晩のように会うことも〉あり(第三回「ひよこ」)、〈わたしとセンセイの間の心地よい距離を無遠慮に縮めにくるなんて、百年早い。巨人のくそったれ〉(第五回「二十二個の星」)と言っていたツキコだが、〈ほとんど一日おきくらいに〉店に行くようになり(第六回「キノコ狩　その1」)、やがて、センセイとの〈生きてきた年月による遠さでもなく、因って立つ場所による遠さでもなく、しかし絶対的にそこにある遠さ〉が〈しみじみと身にせま〉るのを感じるようになる(第十一回「花見　その2」)。それは、〈ずいぶんと好きだった〉にもかかわらず、〈ぬきさしならなくなってもかまわない〉と〈かんたんに思うことができなかった〉かつての恋人にさえも抱かなかった思いであり、〈ぐずぐずと考えていた〉センセイの傍らで、〈いくらわたしが近づこうと思っても、センセイは近づかせてくれない。空気の壁があるみたいだ〉（第十七回「公園で」）とツキコは苦しむようになっていたのである。

初出の第八回「お正月」では〈都会〉から帰省したとされた〈母や兄夫婦や甥姪のさんざめく〉ツキコの生家（父については一切言及されておらず、センセイは一種の〈父〉でもあった）が、単行本では〈同じ町内にある、しかしたまにしか訪れることのない〉家に変えられているのも注意される。それは、ツキコのアパートがセンセイの住まいのみならず、第十・十一回「花見」で描かれる母校にも近いという事実との整合性を図ったと言うに止まらない。清白の詩「漂泊」の〈もっとも大切な要〉は〈旅人がいま故里にあって止宿しているということ〉であり、〈故郷にあってさえ故郷から流離している、自分を生みなしたものからへだてられている、その「さびし」の感情は、河のイメージとなって野を流れわたる。それはあたかも、河によってへだてられた向う岸に、自分を生みなした存在をより鮮やかに浮かびあがらせるため、というかのようにである〉、〈イメージは幻想的になり、時間ははやくも渦を巻いている〉と平出隆は評しているが、(注3) ツキコも同じさびしさを生きていると見定められたからこそ、〈親もとを離れてからよその町に住んだこともあったが、鮭が生まれた川に戻るように、いつの間にかこの町に、生まれ育った町に、戻ってきてしまった〉（第十二回「ラッキーチャンス」）と改めたのではなかったか。そのさびしさは、十五年ほど前に男と出奔し、各地を転々とした後事故死した妻スミヨが〈今でもやはり〉気になり（第十二章「島へ　その1」。初出第十四回では〈今も好きな妻〉とあったが、単行本第五章「キノコ狩　その2」では、ツキコの問いかけに〈妻はいまだワタクシにははかりかねる存在〉と答えている）、〈可愛いと、つい夢中になる〉のを警戒しつつ、〈ひよこならね、そんなに可愛くないでしょう〉（第三回「ひよこ」）と言って露店でひよこを買うセンセイのさびしさに惹かれることで気付かされたものだった。〈センセイと近しくなる前は、それならば誰と一緒だったかと考えるが、思いつかない。一人だった〉（第五回）と初めて振り返ったツキコは、母にさえも〈近いはずなのに、近いがゆえに届かなかった。無理に話そうとすると、すぐ足もとにある断崖から、まっさかさまに落ちて行きそうだった〉と絶望的な距離を感じ（第八回）、〈生きて心細い思いをしているのは自分だけではないことを、確かめたくな〉（第九回「多生」）り、〈いまだにきちんとした「大人」になっていない〉、〈時間と仲よくできない質なのかもしれない〉（第十三回「梅雨の雷」）とも思うようになっていた。〈静かに、海をめざして、流れてい〉る〈川沿いの道をゆっくりと歩きながら、月に向かって話しかけるような気分で〉、隔たっているセンセイに向かっていつまでも話しかけ続けた（第十六回「こおろぎ」）その姿は、象徴的である。

二人の同質性を端的に表していたのが、前述の「干潟――夢」の章である。そこでは、清白の詩「海の声」の異界――〈貝や拾はん〉の古歌を歌いながら歩む〈千鳥あそべるいさごぢの渚〉は、〈夢なればこそ千尋《ちひろ》なす海のそこひも見〉える〈潮のひきたる煌《きら》砂《すな》〉であり、〈水底《みなぞこ》の黄泉国《よもつぐに》〉には父母も沈んでいる――にも通じるような〈中間みたいな場所〉、何かの〈境〉の〈妙な場所〉が語られている。〈今のツキコさんと同じとしごろから〉時々来てしまうが、〈人と一緒に来たのは初めて〉とあるから、ツキコ（単行本では再会時三十七歳）とは〈三十と少し離れている〉センセイが初めて来たのは、多くの人が死んだ〈四十年前の台風〉（第一回で話題にされた59年の伊勢湾台風と思われる）の大水の後であり、息子（単行本ではスミヨが出奔した五十歳も近い）がスミヨとの〈ぎくしゃく〉した関係故に遠くの大学を選んで家を出た頃でもあったろう。初出時の〈干潟〉はセンセイと再会した年の初夏、〈毎日会うのは少々気ぶっせいだが、ぜんぜん見あたらないとなると、こころぼそい。見あたらなくなって、店から足が遠のいた。こころぼそく思うのがいやで、遠のいた〉（この部分は、刊行の際削除）というツキコが、ひと月ぶりに店でセンセイに合って深酒をした夜の幻想とされたが、単行本では、第十三章「島へ　その2」末の〈わたしは絶望する。絶望しながら、センセイの眠りから遠く離れた自分の眠りの中にひきずりこまれてゆく〉という加筆部分に続く形に改められ、再会翌年の初夏にスミヨの墓がある島で見た夢とも、島から帰って〈しばらく、センセイに会っていない〉時に見た夢とも、久々に店で合ったセンセイと深酒して見た夢とも読める、現実との境目が一層判然としないものになった。柴田元幸も、〈主人公がいつのまにかセンセイと二人で、見知らぬ、ほとんど来世のような雰囲気の干潟に来ている章〉を作中で最も魅力的な箇所のひとつに数え、〈異界への滑らかな移行は、依然として川上弘美の大きな魅力でありつづけている〉、〈一見「異界」の対極と思える「日常」もやはり微妙に異化されていて、結局は〈日常／異界〉という二分法が無効になるような世界がそこにはある〉と高く評価しているが、（注4）〈ときおり飛び込み自殺もあった〉川がセンセイの家のすぐ近くを流れているように、〈いつだって、死はわたしたちのまわりに漂っている〉と感じさせるのが『センセイの鞄』の世界であった。そして冥府を思わせる異界への誘いは、月光と鳥によって為されていたのである。島中に満ちていたかもめの鳴き声が、朝日の中で〈眠りに入ろうとする耳に、かすかに聞こえてくる〉前章に続く「干潟——夢」の章も、ツキコの部屋の外で小鳥が何羽も飛び回ってクスノキがざわめく音から始まり、センセイの家の、スミヨが好きだった桜の木にも鳥がはばたいていたことが思い出された後に、〈海鳥がざわざわととびまわ〉る干潟が語られており、キノコ狩の山にも、公園にも、〈はじめて〉強く激しく抱かれた（初出では〈ただ一度のできごと〉とある）翌朝の庭にも、異界からのものかと思われるような鳥のはばたきと鳴き声が響き渡っていたのである。

最終章末では、〈松本春綱という人が見知らぬ人みたいで、わたしは泣けたのだ。センセイにすっかり馴染む前に、センセイがどこかに行ってしまったことを思い知って、泣けたのだ〉というツキコが、「秋和の里」全四連中の最終連をひとり読むが、この詩でもやはり、〈酒うる家のさゞめきにまじる夕《ゆふべ》の雁の声〉を背に、月光の中で旅愁が幻想的に歌われていた。〈たぶん、べつべつのことを思いながら〉、しかし各々の〈ものがなし〉さに〈二人〉で肩を並べて泣くことのできたセンセイを亡くしたツキコには、その哀愁は一層沁みる。川上は、〈伊良子清白の詩を出したのも、好きだから〉、〈韻文になんだか憧れがあるんでしょうね〉、〈どこか違う場所に行けるという気がします〉と話している（「文学界」03・10）が、(注5)清白の詩は、松本春綱や大町月子といった名(注6)を離れたセンセイとツキコとして、二人を〈どこか違う場所〉で深く結びつけ、今も繋いでいるのであろう。

（和洋九段女子高等学校教諭）

注1　文春文庫刊行（04・9）の際にも、語句の加筆・削除、時制の変更等、若干の推敲は為されている。

2　清水良典「転形期の漂流船　平出隆『伊良子清白』」（「すばる」04・3）

3　『伊良子清白　月光抄』新潮社、03・10（初出「新潮」02・7、10）

4　「さりげない異化――川上弘美『ゆっくりさよならをとなえる』」（「波」01・11）。「干潟――夢」の章に対しては、〈感心しない。あらずもがなの挿話である〉（丸谷才一「谷崎潤一郎賞選評」、「中央公論」01・11）という厳しい評も一方にある。

5　『光って見えるもの、あれは』（中央公論社、03・9）では、詩や短歌等からの引用によって各章の題名も付けた川上は、「引用という文化」という座談会（「図書」04・7）にも加わっており、川上文学における引用の問題は注意が必要である。

6、母や昔の恋人等が呼ぶときは「月子」と記されている。この月子の名は、「太陽」等の記者としても活躍し、酒と旅を愛した大町桂月の名を容易に連想させよう。俳句を嗜むセンセイの名は俳人の松本たかしと歌人佐佐木信綱・治綱《はるつな》・幸綱の系譜を、小島孝は松本たかし（本名は孝）と小島烏水をヒントにしたのであろうか。文芸時評、社会時評、山岳紀行を数多く執筆した烏水は、詩集『孔雀船』の名付けにも関わり、「太陽」に発表した「甲斐の白峰」を通して山岳会を創立した。

母と妻と恋愛をめぐる三つの鞄――『センセイの鞄』――山﨑眞紀子

センセイ――松本春綱は三つの鞄を持っていた。〈革の大きな黒鞄、使い込んで皺のよったのが、三つある。三つとも同じ型だ。〉（冒頭の章「月と電池」）とある。サトルさんの居酒屋で知り合った（再会したと言うべきか）ツキコとセンセイは、時には何軒かはしごすることもあり、〈その後はたいがいセンセイの家で最後の一杯をしめくくる〉ようになるのだが、初めてツキコがセンセイの家を訪れた夜に、センセイはいろいろな蒐集物をツキコに見せる。先生はそれを蒐集したとはいわず、〈ワタクシはね、ものを捨てられないんですよ〉と言い、〈ヒゲソリ〉や〈ラヂオ〉〈懐中電灯〉で使用した電池を保存している。〈せっせと自分のために働いてくれた電池があわれで〉捨てられないというのだ。他にもジッポのライターや錆の浮いた手鏡、手文庫、花鋏なども蒐集物にはあるが、異彩を放っているのが同型の三つの鞄である。汽車土瓶は十以上もありながら、色や形、大きさなどがどれもそれぞれ異なり、一つとして同じものはない。電池もそれが使用されていたもの、たとえば〈カシヲケイサンキ〉とマジックで命名されているので、同じものとはいえないだろう。

使い込まれた同型の鞄が三つ。おまけに作品の題名の「センセイの鞄」である。簡単に罠にはまるようではあるが、鞄を無視して作品は読めそうもない。まずは、物語内で使用されているセンセイの鞄が登場する場面を見ていくこととしよう。最初は、ツキコが卸金をセンセイにあげる場面に鞄は登場する。野球をめぐって二人は諍いをし、しばらく口をきかない時があった。そんな折、ツキコは合羽橋で卸金を眼にしたときに〈光っている刃物を見ているうちに、センセイに会いたくなった。そこに肌が触れればすっと切れて赤い血がにじみ出るだろう鋭い刃先を見ているうちに、センセイに会いたくなった〉と、センセイにあげるために購入を決めている。ここでは《肌が触れる》《赤い血がにじみ出る》がポイントだろう。ツキコは、肌が触れること、そして生きている実感を得ることをセンセイに求めているのだ。卸金（台所用品であることにも注目したい）をセンセイに渡す場面で、〈「何ですか」包みを受け取り、鞄を地面におろしてからセンセイはていねいに包装を解いた〉〈センセイはふたたびていねいに卸金を包み鞄に入れ、背筋を伸ばして歩きはじめた〉と、センセイはそれを鞄に入れている。この動作を比喩的に読み取れば、センセイはツキコの望みを受け入れたと考えることができよう。

次に鞄が登場するのは、サトルさんに誘われてきのこ狩りにいった時のことである（「キノコ狩り　その1、その2」）。押入れから出したかび臭いリュックを背負ったツキコと対照的に、センセイはツイード地の背広上下と革靴といういつもと変わらぬ服装で、鞄を持ってきている。サトルさんの運転する車は山道を登り続け、途中、サトルさんは従兄弟を呼びにいくために、下車して山道を歩き始める。取り残された二人の会話に注目しよう。センセイは、〈「なんだかワタクシはこのまま二度と帰れないんじゃないかという気分になってきました。」〉とツキコに言い、〈「このまま一緒に行きましょう。どこまでも」〉と発言する。ツキコは〈センセイは、少し浮かれているのだろうか。こっそりと表情を伺ったが、いつもと変わりない。沈着冷静な様子である。鞄を横に置き、背筋を伸ばしている。〉と観察している。

この場面ではセンセイからツキコに求愛をしている。だが、ツキコと〈一緒に〉行くためには、先生の中でけじめが必要であった。それは十五年前に出奔した妻に対するけじめである。〈捨てられない〉習性をもつセンセイは、元妻の思い出ともいうべき記憶を消し、空にする必要があった。語ることによって消化させようとするかのように、普段はプライベートな話をしている様子もないセンセイが、ツキコやサトルさんやその日に初めて会ったトオルさんを目の前にして、元妻の話を唐突に語るのだ。一家揃ってハイキングに出かけた際に、元妻がワライタケを故意に食べて中毒症状を発したエピソードが語られる。最後に〈手ずれのした、古くさい装丁の本〉である『茸百科』を鞄の中から取り出しているところからも、元妻との結婚生活の記憶が鞄にしまわれていたと読むことができよう。鞄を開けて、元妻とも来たことがあるきのこ狩りという場において、それを解き放ったのである。いうまでもなくセンセイはいつも鞄を持ち歩いているわけではない。市に一緒に行った際にセンセイがひよこのつがいを買ったときには、被っていたパナマ帽の中にひよこを入れているし、パチンコをした際の景品は手で持っている。二人の関係が進展する要ともなるべき場面に、鞄は登場するのだ。

ところで、芥川受賞作品の『蛇を踏む』(「文学界」96・3)では母に齟齬感(本文には〈私の奥にある固いものがどうしても私を蛇に同化させてくれない〉とある)を抱く娘が描かれていた。『センセイの鞄』においても同様の、母娘間に流れるナイーブな感情、〈近いがゆえに届かな〉い齟齬感が描かれている(「お正月」)。正月に〈生家〉に戻り、母親が作る好物の湯豆腐を共に食べながら、突然、会話が途切れ、〈それからどうにもうまくしゃべることができなかった〉ツキコ。滞在中もその感情によって生じた埋められない何かを抱えたまま自宅に帰ってきたツキコは、蒲団の上で漫然と過ごし、誤って割った蛍光灯の破片で足を怪我をしたことがひきがねとなって泣きだす。〈リンゴが食べたくなって、かごから一つ取り出した。母と同じ剥き方をしてみた。途中で皮は切れた。突然涙が出てきて驚いた。〉哀感に襲われ散歩に出た後も〈座りこんでしくしく泣きたくなった〉ツキコは、〈センセイ、帰り道がわかりません〉とセンセイに心の中で話しかけている。その後、以心伝心の如く偶然にもセンセイと通りで出会い、〈サトルの店の並びにある赤ちょうちん〉に入る。このとき、センセイは散歩に出ていたというのに鞄を持っているのである。また、店でツキコは湯豆腐を頼んでいる。そして、新年の挨拶に対してセンセイから〈ツキコさん、よくご挨拶できましたね。えらいえらい。〉と頭を撫でられている。無条件に甘えられ、自分を肯定してくれるもっとも近しい養育者を仮に《母》的な存在とするならば、ここでのセンセイは、ツキコにとっての代理母的な存在である（湯豆腐を頼んだということも暗示的だ）。散歩に鞄を携えるのも不自然であるが、ツキコと二人でいく一泊二日の旅行の際もセンセイは〈いつもの、鞄〉を持参している（「島へ　その1」）。旅先の島ではセンセイの元妻が眠っており、墓を目の前にして〈ワタクシは、今でもやはり妻のことが気になるのでしょうかね〉とツキコに言う。直前の章で〈わたしセンセイが好きなんだもの〉とツキコから直接的に恋情を告白されていたセンセイは、元妻を本当に〈捨てられ〉るのかを改めて確認する必要があったのだろう。ツキコが小島孝に旅行に誘われて逡巡する場面がはさまれていることからも、二人きりの旅行は、男女の仲に進展する可能性をはらんでいよう。少なくともツキコは進展する期待を抱き旅行に来ており、それは先に述べた代理母から異性愛への移行を意味している。それを暗示するかのように宿の夕食で二人は蛸しゃぶを食べている「北斎」（「文学界」00・9）では、人間の女をよがらせる蛸が人間の男に姿を変えて登場している）。

以上に見てきたように、センセイと〈わたし〉が、〈恋愛を前提としたおつき合い〉に至るまでの手続きとして重要な場面にセンセイは鞄を携えてくるのである。センセイの死後、遺言によりツキコはセンセイの鞄をもらう。〈湯豆腐には、センセイの影響を受けて、鱈と春菊を入れるようになりました〉とあり、ツキコは母との同化という呪縛から解放されていることが示唆されている。鞄は空であった。センセイも元妻の呪縛から解き放たれたのであろう。

（札幌大学助教授）

『パレード』――もうひとつの《愛》の物語――馬場重行

『パレード』(平凡社、02・5)は、あの傑作「センセイの鞄」の続編として書かれた、ツキコとセンセイをめぐる〈もうひとつの物語〉である。

ある初夏の土曜日の昼下がり。ツキコとセンセイとはそうめんを食べた後、並んで横たわり午睡をとる。「昔の話をしてくださいと」というセンセイの言葉に誘われるようにツキコは、小学三年生頃の思い出を語り出す。それは、ツキコに〈濃い赤とうすい赤〉の〈二人(二匹?)〉の天狗が取り付いた時のことだった。不思議な憑き物は、母にもクラスの級友たちにもそれぞれに異なる形で取り付いていたことを知ってツキコは驚く。

やがて、同じクラスにいるゆう子ちゃんが皆に〈ハバ〉にされ、天狗たちも病気になる。ゆう子ちゃんはみなから仲間はずれにされてもめげることなく普通にふるまっていたが、ツキコは偶然一緒になった時に、「ゆう子ちゃんへのことが始まってから、うす赤いのが病気なんだ」と言う。それを聞いたゆう子ちゃんは、「天狗でも、うれしい」と言った。それは、仲間はずれという仕打ちに必死に耐えていたゆう子ちゃんの、本音が漏れた瞬間だった。

他の川上作品の多くと同様、ここに展開される物語世界は、表層的にはいわゆる寓話である。だが、これを寓話として受け止めてその象徴性を論じても、恐らくは空しいだけであろう。なぜならこの小説の「語り手」が目指すものは、何かを語る装置としての寓話ではなく、物語が本来抱え持つ寓話性そのものにあるからだ。

ツキコは、まだ幼かった頃のある《いじめ》の記憶を、ちょうどその頃取り付いた天狗の思い出と共にセンセイに語るが、それは、聞き役に徹するかにみえるセンセイと並んで横になりつつ、〈てのひらをぽんぽんと叩〉かれながら語るという《愛》の世界のなかで追憶されていく。語り役を演じるツキコにはセンセイの手の温もりという《愛》が背後に控えており、それが物語全体を柔らかく包み込んでいく。〈やわやわ〉とした《愛》の世界に展開された天狗と《いじめ》をめぐる記憶の物語。それが『パレード』という作品の骨子である。

《いじめ》を受けているゆう子ちゃんに天狗たちは、一日に一回必ず触り、その時に〈ゆう子ちゃんの体は〉〈夜のパレードみたいに〉〈ぴかっと光〉る。その輝きは〈ものすごく悲しくて、でもきれいな光でした〉と語られる。この〈光〉を目にし、そこに悲しさと美しさとを同時に感得するのは、これをいま語るツキコに、センセイの《愛》が届いているからに他ならない。小説は、小学生の時の不思議で哀しい記憶の物語を、語りの現在のセンセイとの《愛》が抱き込み、全体を統括する「語り手（ツキコやセンセイをそう命名し、その様子を語る機能）」によってそれが語られていくという入れ子型になっている。過去の物語の意味は、語られるいま現在のツキコとセンセイの〈ぴかっと光る〉《愛》の形をこそ浮き彫りにしていくだろう。現実世界では認識されない天狗たちが、最も生々しい、その意味ではまさに現実的で人間的（？）な《いじめ》による痛みに誰よりも強く反応し、結果としてゆう子ちゃんという被害者を救済していく。この天狗の姿には、どこか浮世離れしたかのようなセンセイのあり様に通じる雰囲気が漂う。

『パレード』は、「センセイの鞄」に込められた《愛》の力の不思議さ、優しさを寓意の意匠を借りて語った作品であり、「サイド・ストーリー」という位置づけは、二人の《愛》の形をなぞり直すという意味において正鵠を射ていると言ってよい。

「神様」や「蛇を踏む」をはじめ川上弘美の作品には、奇異な生き物がしばしば登場するが、『パレード』の二人の天狗たちもその存在自体は異界の住人であり、幻想的な趣を湛えていると言えよう。だが、ここでの天狗たちがツキコと親和的関係を結ぶ点に明らかなように、それら異界の生き物たちは、われわれが現実として受け止めているこの世界の他にもうひとつの別の世界が確かにあって、そこのコンタクトの重要性を伝えてくれる働きをする。

〈悲しいとかくやしいとか、そういうのを捨てていた〉と語られるゆう子ちゃんの苦しみをツキコは深く了解できるが、それは、恐らく天狗たちが取り付いたために他者を新たに捉え直す視点を彼女が手にしたからであろう。《いじめ》という陰惨な対他関係の歪みに孕まれる自他を傷つけずにはおかない人間関係の荒波のなかに、語られる当時のツキコたちは生きているが、そこにある救いとしての〈夜のパレードみたい〉な輝きは、天狗たち異界の住人によってもたらされる。天狗を見ることのできるゆう子ちゃん自身には、何かの異界の生き物が取り付いた形跡がない。ツキコに取り付いた天狗によって慰撫されるだけである。内面に深い傷を負っているであろうゆう子ちゃんには、救済をもたらすべき異界の生物が直接には訪れないと設定するここでの「語り手」の意図は、《いじめ》を受けざるを得ない側に隠された、ある種の異質性を暴露する意識もあったのかも知れない。

センセイとの《愛》に生きる語りの現在に立つツキコには、かつての自らの生の形、ゆう子ちゃんの人間性、母や級友たちの関係性などに孕まれていたたくさんの《愛》の形が見えている。センセイが、初夏の午睡と共に〈昔の話〉をツキコに求めた理由とは、自分との《愛》に生きるツキコに、その原型としての《愛》の形や、以前には気がつくことなく見失われていたモノやコトの意味をもう一度彼女に思い出させたいと願ったからではあるまいか。それもまた、センセイからツキコに手渡される《愛》に他なるまい。天狗の大きさや、ゆう子ちゃんの声など、些末に見える事柄について時折口をはさむセンセイに導かれてツキコは、自分でも忘れかかっていた子どもの頃の不思議な日々を回想し、そこから《愛》の意味を再発見していく。

『パレード』を読んだ人の多くの胸には、淡いが、しかし、はっきりとした他者への慈しみの感情が刻印されるだろう。それは、いま追憶を語るツキコが、センセイへの《愛》の充足感に支えられて、回想のなかの自身を多様な形での《愛》に出会わせその意味を了解するという、この作品に仕掛けられた語りの構造によって醸し出されるものである。天狗は、だれにでも思いのある、かつての幼い日に心の奥底に生きていたもう一人の自分の姿でもあろうか。望みながら実現できない思いのあれこれを、想像の世界で代行してくれる分身。《自己内対話》によって出会うものが新たに見つけられる自己像だとすれば、『パレード』は、寓意の形式を巧みに利用しながら、人が成長する過程で出会う、自分との《対話》の意味するものを鮮やかに語り明かした作品という側面も有していよう。ツキコとその母とが口にする〈ひみつ〉という言葉は、まさに人がどのようにして〝子ども〟を脱却していくかの〈ひみつ〉を語ったこの作品のキーワードになっている。

吉富貴子の淡色を用いた印象深い挿画とともに味わう『パレード』の世界には、ツコキとセンセイの二人が共作した《愛》の世界が描かれていた。恐らくそれは、作者自身にとっても「センセイの鞄」で語りきれなかったほど強固な世界であったはずである。〈作者も知らなかった、物語の背後にある世界〉（「あとがき」）とは、虚構の世界の住人が生み出す《愛》の力をかいま見せてくれる世界であった。

（山形県立米沢女子短期大学教授）

『龍宮』――〈私〉が〈私〉であることの不思議――岡野幸江

川上弘美の小説世界は、この世ならぬ者が登場し現実と非現実の世界を往還したり、異種の生物と人間とが交流したり、身体が溶け出して変身したりといった、合理的に考えればそんなことは決してありえない、川上弘美自身が言うところの〈うそばなし〉（「あとがき」『蛇を踏む』文芸春秋、96・9）である。しかし、それは単なる空想ファンタジーの世界でもオカルトの世界とも異なる、きわめて日常的な世界にできた小さな裂け目から垣間見られる、あるいはいつのまにかそこに入り込んでしまったような、シュールでありながら妙にリアルな世界なのである。

短編集『龍宮』（文芸春秋、02・6）には、「北斎」「龍宮」「狐塚」「荒神」「鼹鼠」「轟」「島崎」「海馬」の八編が収められているが、これらの作品もすべてそうした異界の者たちと人間との奇妙な交渉を描いたものである。表題作の「龍宮」は、曾祖母イトが〈私〉に向かって語りかける物語だ。

十四歳で仏を見て以来、イトは霊言を口にするようになった。二人の信者によって家族から離され納戸に閉じ込められたイトは、交合するその男女に混じって交わり、弱まりかけていた霊力を回復するが、ある大風の日、くるくる回って海辺の村に至り、乞食になる。そして朽ちかけた漁師小屋に住み、犬猫に混じって漁のおこぼれの魚をかすめとった。しかし眠っている間に村は廃れ、最初の子供を産んだ後、イトは村を出、次々に子供を生んでさ迷い歩き、一人の女を殺してその家の婦人になりすました。その家は栄えたが、やがて家の周りを徘徊するようになったイトは、門番小屋に住みついた流れ者の男と毎晩交わった。そして、長いこととどまっていたと思ったイトは、東に向かって歩き始めた。膝くらいの高さしかないイトは〈私〉の腰のあたりまで這い登り、〈私は何も知らずに生きて、何も知らずに死んだだけ〉と語って泣き出す。赤子のように泣きながら乳を吸うイトを取り付かせたまま、〈私〉もまた東に向かって歩き始める。

　イトは曾祖母だというが、普通こんな曾祖母はいない。「島崎」で〈わたし〉が恋したのは四百歳以上になる先祖であり、「轟」の〈私〉を育てた姉たちも通常の人間とはとうてい思われない。ではイトとはいったい何者だろう。イトは霊言を口にし、交合して出産し、そして眠り、さ迷い歩き定住もし、食料を掠め取って人を殺し、そして死んだ。イトは〈私〉に対しても、〈あんたは、生まれて、食べて、知って、つがって、忘れて、眠って、死ぬんだよ〉という。〈私〉が〈ひとごろし〉と叫ぶと、〈騒ぐほどのことじゃない〉〈あんたは、自分のおこなったことを忘れるからね〉〈おこなっていなくても、おこなおうとおもったことがあれば、同じこと〉と言う。〈私〉は、否定しながらも数々の恐ろしいことを思い出し、本当に行わなかったのか不安になっていく。

　しかし、よく考えてみるとイトの生涯は人間が長い間繰り返し行ってきたことでしかない。すると曾祖母イトとは、あらゆる人間の原型のような存在なのだといえるかもしれない。「物語が、始まる」（「中央公論文芸特集号」94・冬）の三郎も〈雛型〉だった。〈私（ゆき子）〉に拾われて名づけられ、言葉を獲得し、青年らしくなった三郎は、アルバイトとして働き、ゆき子に恋をするが、老化して死んでしまう。三郎を愛し始めていた〈私〉も、しばらくして三郎を忘れ始めていることに気づき〈これが、生きながらえるということなのかもしれない〉と思う。つまり、イトや三郎はプリィミティブな人間存在そのものであり、〈いま、ここ〉にいる〈私〉を立ち上げさせる絶対的な他者、いわば〈私〉という存在を〈私〉の中に映し出す鏡なのだといえるのではないだろうか。

結局、私たちが世界について把握できるのは、自分の意識で〈あるもの〉として捉えられたものでしかない。川上弘美の小説の主人公たちが常に一人称の〈私〉であるのはそのためだろう。自己意識の問題を脳科学の分野で研究する荒木健一郎は、これまで科学は客観的な物質世界のふるまいを探求対象とする一方で、主観的な体験を切り離し無視してきたため、主観的な体験については未だ解明されない謎があると指摘する。そして意識の中で〈あるもの〉が他の〈あるもの〉とは区別されるユニークな質感を〈クオリア〉と呼び、こう言っている。

私の心の中のクオリアは、決して、宇宙の中にぽつんと孤立して浮かんでいるわけではなく、「それを私が感じる」という主観性の構造と深く結びついて存在している。実際私が感じるクオリアは、私にしかそれが感じられない、という意味で私秘的（プライベート）なものであり、わたしたちは、それぞれの心の中クオリアを感じつつ、お互いの心から絶対的な意味で断絶している。わたしたちは、そのような絶対的な断絶を超えるべく、言葉を通してかろうじてお互いの心を行き交わせているのである。（『意識とはなにか』ちくま新書、03）

他人が感じる赤と自分が感じる赤が同じものだとはいえない。それは恋愛感情でもいえるだろうし、すべての現象においてそうであるかも知れない。荒木氏は、〈クオリア〉とそれを感じる〈私〉とは、神経細胞が複雑に結合し合って作り上げる脳という複雑なシステムの性質として生み出される〈脳内現象〉であるが、その神経細胞間の関係性とクオリアの間の対応関係を理解しようとすると、とてつもなく難しい問題になるという。このユニークな存在とは何なのかを見極めようとすると、つかみ所のない不安に陥るわけだ。一体、人間の意識とは何なのだろう。しかし、実はそのクオリアとして感じられる〈あるもの〉としての他者こそ、自己意識を立ち上げるものなのであり、いわば自己とはその関係性の数だけあって、常に生成し変化するものだといって過言ではない。

川上の小説の主人公はいつも何かに関わってしまった者たちである。関わってしまったがために、それまでの自分とはまったく異なったものへと変身していくことになる。「蛇を踏む」のヒワ子も、「物語が、始まる」のゆき子も、「センセイの鞄」（「太陽」99・7〜00・12）のツキ子も、「溺レる」（「文学界」98・1）のコマキも、みんな関わってしまったのだ。まさに、そこから〈物語が、始まる〉のだ。〈私〉はそこで生成し変化する。しかし、そこで立ち上がった〈私〉も、決して他者と同化することはありえず、常に孤独である。「島崎」の〈わたし〉はかつて思った。〈溶け合うような瞬間があったのに、瞬間はすぐに遠ざかり、すぐに人との間はあやふやになる。ずっとこの先も生きてゆくのか。こんなさみしいのに〉と。「センセイの鞄」で、ようやく激しく抱き合うことのできたツキ子とセンセイにしても、センセイが死んで形見に残された鞄はからっぽで空しい。この空虚さとさみしさとは、川上弘美の作品世界に底流しているといっていい。

〈フッウ〉の〈私〉を主人公にした川上の話法は〈八〇年代的な物語に付きまとったセンチメンタリズムやメランコリーを徹底的に漂白した上で、ヒロイックな自我が成り立たなくなった九〇年代的な物語を切り拓〉（清水良典「川上弘美覚書」「文学界」96・7）いたといわれる。確かにそうだろう。しかし川上弘美の世界が垣間見せるのは、私たちが疑わない〈あるもの〉が〈あるもの〉であり、〈私〉が〈私〉であることへのズレの感覚である。私たちは近代科学が特権化した目に見え数量化された物質的世界をのみ信じてきたのではあるまいか。そして私たちは、〈あるもの〉が〈あるもの〉であり、〈私〉が〈私〉であることをほとんど問題にすることなく通り過ぎている。それが生きる上での知恵であるからだろう。しかし、そこでいったん立ち止まってしまうと、言い知れぬ不安におそわれるにちがいない。川上弘美の世界は、目の前の世界にあるその個物としての存在のほの暗い根源へと読者を誘い込んでいくが、それはいわば近代科学の切り拓いた〈私〉が〈私〉であるという、その〈同一性〉に基礎を置いた認知の制度そのものへの問いかけであるのかもしれない。

（法政大学講師）

『龍　宮』――〈そぞろ歩きのもの〉たちの宴――川原塚瑞穂

川上弘美の小説には、異形のもの、此世のものではないものがしばしば登場する。三つ隣の305号室に住むくま、梨畑の小さな生きもの、公園で拾った男の雛型など、なんとも摩訶不思議なものたちが生き生きと動き出すとき、あたたかくどこかせつない物語が、始まる。

川上弘美がくりかえし描きだす異形のものとの交流の背後には、確固たる自我であるとか、他者との完全な相互理解、永遠の愛など、本質的で不変なものなどないのだという認識が常に潜んでいる。しかしそこに絶望はない。ある程度の寂寥感を漂わせつつも、そのなかで触れ合う一瞬を大切に描き出すのである。

眠るときは、べつべつだ。起きているときも、べつべつ。死ぬときも、むろんべつべつ。寝入る前のほんの僅かな時間だけ、くっつきあって、隙間をなくす。ごく近くに寄って、一体みたいになろうとする。(「狐塚」)

これが川上弘美の描くコミュニケーションの基本形である。他者との差異を肯定的に受け入れた上で、不用意に相手の領域へ侵入しない節度ある交流をもち、ときに束の間の抱擁へといたる。これは『センセイの鞄』など、日常世界の男女を描いた作品も含め、川上作品に一貫して見られる特徴である。そこで描かれたものは、恋愛と呼ばれる事象とはどこかズレているかもしれない。しかし、ますます多様化する現代の人間関係のなかで、このようなコミュニケーションのあり方は、一つのリアリティを獲得しているのではないだろうか。

『龍宮』は、そんな川上弘美の異形ワールドを存分に展開した八つの作品からなる短編連作集である。昔蛸であったという、海から来た男の冒険譚が語られる「北斎」にはじまり、男たちの間で譲り渡されてきた海馬が、故郷の海へ帰る「海馬」まで。『龍宮』というタイトルが示唆する、どこか遠い異界の〈ほんとうはここにはいないもの〉たちとの交流の物語である。亀に乗って乙姫の住まう龍宮城を訪れた浦島太郎は、故郷に帰って数百年経っていることに驚き、玉手箱を開けると見る間に老人になってしまった…。浦島伝説に組み込まれた、異類婚姻譚、動物報恩譚、変身譚、ユートピア幻想など、さまざまな説話的モチーフは『龍宮』にも見られる。しかし、人間が異界へ赴き帰還するのではなく、異形のものが日常世界に入り込んでくる点で、『龍宮』はそれら先行する物語とは異質な面を見せている。『龍宮』は語る異形のものたちの物語である。異形のものの視点の導入は、私たちの住む日常世界をこそ、見慣れぬ異界として浮かび上がらせる。例えば、「鼹鼠（うごろもち）」は、スーツを着て電車に乗り、人間の会社で堅実にサラリーマンをするモグラ風の生きものが語り手である。異形であることで時に疎外されたりもする彼は、逆に安定せずに零れ落ちてしまう人間、〈死にもせず、生きもせず、ただそこにあって、周りを侵食する者。そしてまた、自身を侵食する者〉である〈アレ〉を拾い集めて家で養っている。そんな彼の眼から見ると、人間こそおかしくないときに笑ったり、悲しくない時に泣いたり、なんとも不可思議な生き物なのである。人間／異形という二項対立自体がここでは意味を失ってしまうのだ。

「北斎」には、海底から陸に上がったものの、人間界になじめなかった蛸（自称）が登場する。彼は〈おれにはおれの考えがある。貴様は貴様の道をゆけばよい。おれにはもう海底という拠りどころがなくなってしまったので、そぞろ歩くばかりだ。人間の境涯は、つらい。蛸に戻りたい。しかしもう蛸には戻れない。〉と語る。蛸であった男とは、すなわち龍宮にも馴染めず、地上にも戻れない浦島太郎である。一方、その蛸の冒険譚を聞くはめになった〈私〉も、社会人としての生活に馴染めず脱落し、深刻な穴に陥ってしまう毎日を過ごしていた。

するとき時間は停止し、一つの時間を自分が繰り返し生きているような心もちになる。もしもそのとき現在が夕六時だったならば、夕六時という瞬間の、波に自分が乗っかって、その波の腹から波頭までの短い距離を、何回でも行ったりきたりしているような心もちになる。

〈私〉と蛸は居酒屋などを梯子し、やがて路地に立ち女を物色しはじめる。はじめは乗り気でなかった〈私〉も、女に点数をつけるうちに、〈どの女にも個人的事情なんていうものはなくて、ただ体という容れものを持ってそぞろ歩いている物体にすぎないように思えてきた。それならば今こうしている自分は何なのかといえば、これも一組の目鼻とぐにゃぐにゃした体を持った、そぞろ歩きのものである。〉という開放感を得る。やがて蛸であった男がねらいを定めた女を、二人はいっしんに追いかけはじめる。〈女など、どこにもいないのかもしれなかった。しかし私たちは女を追いつづけた。〉何が実在するかなどわかりようがない。そぞろ歩きの中でなにかを見出し、それを追いかけ、また見失ってそぞろ歩く。蛸が去った後、〈私〉はぐにゃぐにゃした体で国道を歩いていく。誰にも拠りどころなどはない。〈私〉の道などわからないし、〈私〉という存在の輪郭すら曖昧だ。しかしそれでも〈私〉は閉じ込められた時間から解放され、そぞろ歩きをはじめるのだ。そうして歩いていくということが生きるということであると気付いたかのように。

「海馬」の〈私〉は、人間の男を慕い陸に上がったもう一人の人魚姫である。しかし、王子様と結婚して一生幸せに暮らすことも、海の泡と消えることもない。男たちの間を譲り渡され、子を成し、やがて海に帰る。

海馬に戻って、海を泳いだ。沖の漁船を追い越し、水平線の彼方まで勢いをつけて走った。いくつもの夜と昼を走りすぎた。四人めの子供が北の海に漂っているのを、走りながら見た。子供の笑い声が、耳もとに響いた。私はそのまま走りつづけた。昼も夜も尽きるところをめざして、どこまでも、走りつづけた。蛸であった男とは異なり、海馬は海へ帰る。果たして彼女は拠りどころを取り戻したのだろうか。彼女はひたすら走りつづける。子供の姿を見つけても走ることをやめずに、〈昼も夜も尽きるところ〉という、あるようなないような所をめざして走りつづける。きっとそれが実在するかどうかに意味はないのだ。そうして走っているこの瞬間こそ、生のあかしなのである。

『龍宮』には、さまざまな時間が流れている。昔蛸であった男は、〈人間の百年は、蛸の一年〉と、浦島伝説さながらの異質な時間を提示してみせる。異界とは、異なる時間の流れるところでもあるのだ。「龍宮」では、膝ほどの高さの曾祖母のイトが、十四歳の姿で現れ、赤子のように〈私〉の乳を吸う。「狐塚」では、便所に永遠に溜まる〈昔の糞〉が、変わらないものの象徴として恐怖の対象となる。そのほか、毎日の生活を語る「鼹鼠（うごろもち）」の循環する時間、「轟（とどろ）」の、共に暮らした女を回想することでたどられる人間の一生、引き延ばされて雑然とした時間を生きる、四百歳過ぎと二百歳過ぎの男女を描いた「島崎」など、『龍宮』のテーマの一つは時間ではなかったかと思われるほどのバリエーションである。しかし、どんなに時間が延びたところで、コミュニケーションの基本形は変わらない。〈溶け合うような瞬間があったのに、瞬間はすぐに遠ざかり、すぐに人との間はあやふやになる。ずっとこの先も生きてゆくのか。こんなさみしいのに。〉

こうしたさまざまな時間の流れの中で、人も異形のものもそぞろ歩き、出会い、別れて行く。誰にとっても確かな拠りどころなど存在せず、目指すべき場所は見失われたままだ。それでも一つの時間に閉じこもることなくそぞろ歩きつづけるものたちの物語を、川上弘美はこれからもやわらかな言葉で紡いでいくのだろう。

（お茶の水女子大学大学院生）

『龍宮』――いまの〈欲情〉といまへの欲情――

高橋秀太郎

目の前におっさんがいる。そのおっさんは、自分がその昔蛸であった、と言う。かつては蛸だったと自称するおっさんにうんざりしつつ、しかし〈私〉は、そのおっさんから離れることが出来ない。なぜなら、そのおっさんと共におれば、自分も人の世の道理からぽろりとうまくはずれることができる…。

怪しい元蛸であるおっさんを、蛸／男という異形のもの、という、川上弘美を論じる際に、もはや決まり文句となっている言葉でまとめておけば、その異形のものと、それに惹かれ憑かれる〈私〉という、二つの地点の組み合わせのもと、『龍宮』諸作のほとんどは書かれている。そこでの異形のものとはどのように描き出されているのか、そしてその異形のものと向かい合う〈私〉とは何者なのか。

蛸を自称する異形のものは「北斎」に登場している。「龍宮」には、見た目が十四歳くらい（時に百歳くらい）のイトが登場し、すでに自身がすでに死んでいること、また家族や〈この世のどんな者とも異質の者〉と自覚していることを語る。彼女は、見た目がヒトであり、村の人にとっては姿の見えない〈オト様〉であり、〈私〉にとっては曾祖母イトである。「狐塚」ではケーンと鳴き、口からもやもやした白いものを空中にはき出す正太が、「荒神」では〈小ちゃくて、お顔が三つあ〉るという〈荒神さま〉が、「島崎」では、見た目は若い〈じいちゃん〉であるが四百歳である先祖が登場する。つまり異形のものとは、時に大きく、時に微妙に、ヒトとは異なる姿形や性質を持ち、また普通この世では見ることの出来ないものとまとめておくことが出来よう。ところで、これらの〈異質な者〉たちは、作中で、最終的に何かひとつのものに変形し、そこで完全に異形のものとなるのでなく、見た目は男だが昔蛸だったらしい、あるいは見た目は十四歳のイト（ヒト）だが聞くところによれば姿の見えない〈オト様〉であったらしい、というように、蛸／男、オト／イト／ヒトと書き表すことの出来るある種の横滑りのもとその異形性が語られていく。こうした語り方から見えてくるのは、異形のものと出会う側が抱え持っている、異形への欲望であるように思われる。

『龍宮』のなかでは、異形のものと出会う〈私〉が語り手になっており、〈私〉の語りの中で、彼らの異形性は露わになるのだが、そこで彼らの見た目と実質の差を横滑りに語っていく、つまり、元蛸だと強弁する男を、もしかしたら蛸かもしれぬ、と見ようとするのは〈私〉である点に注意したい。「狐塚」の〈私〉は、〈獣じみること〉もある二番目の〈夫〉が大好きだったと語り、この夫と正太を〈性が似ている〉とする。そこでは、人間／獣という〈私〉の嗜好をあらわす横滑りと、正太／狐という横滑りが重ねられている。「荒神」では、荒神といたちの重なりが暗示されるのだが、〈あたし〉は荒神をあくまで〈荒神さま〉と見ようとする。つまり異形のものとの邂逅の中で明らかになっていくのは、異形のものが持つ不思議さ、ということよりも、異形のものを、まさに異形のものとして語り、また位置づけようとする〈私〉の欲望の所在なのである。異形のものと出会う〈私〉たちは、〈弱み〉（「北斎」）や〈不安〉（「龍宮」）、〈とてもこころぼそい〉〈夜明け前の霜柱であるような気分〉（「狐塚」）、〈ココロ〉の〈空〉（「荒神」）、〈さみし〉さ（「島崎」）を抱えている。〈私〉たちは、この自分自身の問題を異形のものに投影し、そこでこそ、彼らに〈欲情〉（「島崎」）し、また彼等のように〈ぽろり〉と人の世からはずれようとしたりする。つまり語り手としての〈私〉たちは、それぞれ微妙にヒトの世からずれた自分自身を抱えながら異形のものに向き合っているのであり、また、あるいは異形のものと出会うことで、そうした〈私〉たちの欲望と異形さが浮上してくるのである。語り手である〈私〉が、そもそもヒトならざるものという異形性を抱えている「鼹鼠」や「海馬」においても、こうした事情は変わらない。人間のように会社で働いている鼹鼠は、「人間のことは、よくわからない」と繰り返しながら〈アレ〉と〈人間〉の異形性を語る。〈海から上がって、もうずいぶんになる〉海馬は、男・主人について、〈かつて海から来たものがあったろうか〉とつぶやいている。この二作品においても、語り手〈私〉が異形のものについて語り、そこで自身の異形性、例えば会社での私／鼹鼠という位置、が同時に示されるのであり、また、なぜ海に帰らないのか、といった自身の抱える問題が異形の対象の把握に投影されていくのである。異形のものと向き合うことで、向き合う〈私〉そのものの異形性と、異形性への欲望が露わになること。だがここで、だから一見異形に見えるものこそがまっとうで普通なのであり、むしろ普通のヒトこそが本当は異形であるのだ、ということを読み取りたいのではないし、またそうした、普通／異常という単純な図式はそもそも『龍宮』にはあてはまらない。ここでさらに確認したいのは、『龍宮』における異形への〈欲情〉が何を原動力にしているかについてである。

　異形のものとそれを語る〈私〉という組み合わせとはやや異なった設定を持つ「轟」は、七人の姉たちのもとを順番にめぐりながら成長していく〈私〉の物語である。大塚英志は、川上作品の〈「わたし」は「克服」すべき心の傷であるとか、回復すべき「自分」といった〉〈自己実現の物語〉＝〈ビルドゥングスロマン〉に〈呪縛〉されていないことを指摘している（「「物語」と「私」の齟齬を「物語」るということ」「文学界」99・10）。確かに「轟」において〈私〉の成長は描かれているが、〈私〉が自分探しをしているようには見えない。ここで注目しておきたいのは、この作品において、〈私〉が姉たちのもとで学んだことをそれ以降に訪れる姉のところで生かすことがまるで無いということである。〈私〉は姉たちのところでの様々な経験をするのだが、それはそれとしていわばリセットしながら、ただ順番に巡っていく。つまりこの作品では、何かを手に入れてそれを失う、というサイクルそのものが繰り返し描き出されているのである。実は、こうした、かつて何かがあったのだがそれはいま失われている、という喪失が『龍宮』全体でくり返し語られるのであり、そしてこの喪失の感覚こそが〈欲情〉を生み出すのである。かつて何かがあった感覚とは、例えば「龍宮」で語られる〈けれども私はそれらをおこなわなかった。いや、ほんとうにおこなわなかったのか？〉という〈不安〉となる。そして〈あたしは何も知らずに生きて、何も知らず死んだ〉といって泣き〈私〉に抱きつくイトの姿から、あるいは〈遠い昔になくしたものをなつかしむように、すぐ横にいる先祖をなつかしく思〉いながら〈愛してるの〉とくり返す〈わたし〉（「島崎」）の姿からは、喪失の実感が〈欲情〉へとつながる様を見て取ることが出来よう。〈ココロが空になること〉へのおそれゆえ〈あたし〉は〈荒神さま〉に祈るのであり、また〈死〉こそが、〈アレ〉の顔を輝かせ（「鼹鼠」）、〈正太が好きだ〉というこだわりの無い直情（「狐塚」）を生む。娘が海に戻ってしまったことをきっかけに海に帰る私／海馬は、過去のことをほとんど忘れたと言いながら、娘を失ったという喪失の実感によって突き動かされている。失われた過去を取り戻そうとする〈欲情〉が語られるのではなく、何かを失っていまがここにあるという実感と、そしてそれゆえいまが「空」であることへのおそれや〈不安〉こそが〈欲情〉を生むという事態を語ること。『龍宮』において、その多くの結末が現在進行形で終えられ、そこに「北斎」で描かれる〈波〉のような前進や反復が示されるのは、この〈欲情〉がいまここに生まれていることそれ自体が確かに実感されているからなのであり、この作品集とは、いわばそうして〈欲情〉を生み出す〈空〉のいまそのものへの限りない欲情によってこそ支えられているのである。

（東北大学大学院博士課程）

『光ってみえるもの、あれは』――可視化された境界――

藤澤るり

島とはどういう場所だろうか？　小説後半の舞台となる小値賀島について登場人物花田はこう言う。〈島ではさ、子供の靴は、拾うものだったんだって〉。島を取り巻く海から様々な靴が海岸に流れ着き、島の貧乏な子供達はそれを自分の足に合わせて穿きこなす。川上弘美は既成の十二の詩歌を拾ってこの長篇小説の章題と作中のエピソードにした。あたかも流れ着く靴とアナロジーを成すかのように。『光ってみえるもの、あれは』は文学の海に浮かび、小値賀島は四方を海に取り囲まれている。四方を海に取り囲まれると人は何が見えるのだろう？

エッセイ「境目」（『あるようなないような』中央公論新社、99所収）の言い方を借りれば、人間は〈人がつくった境目〉の中で生きている。〈市と市の境目〉のような〈人がつくった境目〉、境界は多くの場合目に見えない。しかし島は違う。四方を海に取り囲まれていれば、人はいつでも目にすることができる。自分が生きている空間の目にも鮮やかな境界を。『光ってみえるもの、あれは』は人生の根源的な境界を曖昧にされ、ずらされて生きてきた十六歳の少年が、くっきりとした境界を持つ島という空間に自分の生きる場所を発見する物語である。

〈ね、今日はどうだった〉〈うん。ふつう〉。たがいに〈かすかな違和感〉を抱きながらこう交わすしかない会話を〈母と僕〉はゴジラの話に〈さりげなくずら〉す。小説がここから始まることは象徴的だ。この小説の主人公江戸翠は最初からずらされた世界の中で生きている。小さいころ彼は祖母のことを〈おかあさん〉と呼んでいた。しかし小学校入学時に祖母は一方的に、自分は翠の母ではないから〈匡子さん〉と呼べと宣言し、同時に今まで翠が〈愛子さん〉と呼んでいた存在が〈翠くんのおかあさん〉であることを教える。彼は「母」を「祖母」に変更され、同時に「おかあさんの娘」を「母」に変更されてしまったわけだが、だからといって彼女等を〈おばあさん〉〈おかあさん〉と呼ぶわけではない。祖母と母の境界は微妙にずらされ、限りなく曖昧にされる。境界と呼称がずらされれば彼女等がそれぞれ祖母と母としてのくっきりした輪郭を持つことは困難だし、翠がそれを捉えることはもっと困難になる。

一方、江戸家に何となく出入りする〈大鳥さん〉が〈翠くんの種を提供した人〉であることを知らされて、翠は彼を〈僕の遺伝子上の父親である（らしい）〉と認識するが、もちろん大鳥さんは普通の「父」からは大いにずれた存在である。祖父は最初から存在せず、大鳥さんは〈実質上の父親〉であっても、法律上の父親でも母と同居している男性でもない。この、あらゆる世間一般の家族的基準からずれた江戸家では祝日さえもずらされることが必要で、〈江戸家のためだけの特殊な祝日〉、〈江戸の日〉として独自に創設される。

ずらされた世界に生きている自分の問題を翠は明確には自覚していない。しかし彼は時々〈淡くて、かすかで、しぶとい疲労感〉を感じ、〈江戸の日〉の終わりには〈僕は自分の家族のことがほんの少しばかり重いのかもしれない〉と感じたりもする。しっかりした輪郭を持った存在が不在の江戸家。そこでずらされ続けたままで生きることの疲労感。ガールフレンド平山水絵には自分に見えている世界より〈ものの輪郭が明瞭で、すっきりとし〉た世界が見えているに違いないと思ってしまう翠は、自分の〈視界をおおいにくる灰色のもやもやしたもの〉がもたらす疲労感の中にいる。

翠の問題は友人花田がセーラー服を着用したことによって顕在化する。男性である花田は皮膚と空気の境界、つまり自身の身体と世界との境界に自分に〈いちばん似合わない〉女性の衣服で極端な輪郭を与えることによって、自分と世界との境界を建て直そうとする。この花田の試みに深く付き合わされた翠は根源的に揺すぶられる。きっかけは三人（翠、花田、平山水絵）でセーラー服を買いに行く途中で平山水絵が母に盗み読みされないために持ち歩いている〈日記と手紙のつまった大きな布のかばん〉を花田に持たせたことだ。水絵が〈これはわたしが担うべき重荷〉と言って翠には持たせようとしなかったから、翠は従ってきたというのに。〈こういうことは、前にも確かにあった〉と翠は想起する。〈翠のつくる塩むすびは最高ね〉と言われて〈嬉々として母のために塩むすびを握りつづけていた〉のに、母から本当は塩むすびはきらいだったと打ち明けられた事件。〈女の言葉を額面どおり〉に（つまりずらさずに・筆者注）受け取っていたのに、当の相手からいとも軽々とずらされてしまう。ずらされない世界にしっかり支えられた経験がなければそれは訳の分からない痛みになる。

翠は気付いてしまう。自分と世界との境界がセーラー服を着た花田のような明確さの中にはなく、偶然出会ったホームレスらしい女の子が世界と作っている境界の方に近いことに。彼女の着用している〈遠目では〉〈高そうな〉〈澄んだピンク〉のワンピースが〈近くに寄ってみ〉ると〈無数のしみやけばだち〉におおわれているであろう、そのずらされた感じが翠は〈怖かった〉。〈なんか、バランスが、崩れて〉いる怖さ。ずらされた世界に生きている翠も〈なんか、バランスが、崩れて〉いる。だから翠がその女の子を〈自分にものすごく近いもの〉だと感じてしまうのは当然の成り行きだった。

翠は花田に誘われて小値賀島に渡り、物語はそこから新たな展開をみせる。島の時間は毎朝六時きっかりに鳴るサイレンの音で始まり、朝、昼、夕方に必ず凪が来る。境界がはっきり輪郭を与えられている島では、時間の輪郭も明解である。島の時間を生きるうちに、〈灰色のもやもやしたもの〉に覆われて曖昧だった過去が明晰な形で甦る。〈母の言葉〉〈大鳥さんの言葉〉がずらされることなく、そのまま頭の中で反復され、ずらされた世界の感触が消えていく。

翠たちの言葉は沖神島神社へ行った時変質する。無人の島で神社を探すだけ。要求される行動は単純だ。従って会話も単純。道が見つかれば〈やった〉〈やったな〉。神社に着けば〈着いたな〉〈着いたな〉。夜は〈暗いな〉〈暗いな〉。ここではずらされるべきものは何もない。花田が平山水絵とホテルへ行ったことはこの質の会話の中で打ち明けられる。〈で、それから〉。花田は答える。〈しばらく二人でじっとしてた〉。〈抱き合ったまま?〉〈抱き合ったまま〉。〈ほんとに、それだけ?〉〈ほんとに、それだけ〉。他の場所だったら、翠はもっと混乱しただろう。しかし、空間と時間がくっきりした島では、花田と共有する生活の時間の中にそれは溶かし込まれていく。

神社からの帰途に骨折し、入院した翠のもとに愛子さんや大鳥さんがやってくる。翠は彼ら、つまり両親にかつて自分が平山水絵から問われて困惑した問いを繰り返す。〈ねえ、愛子さんて、僕のこと、好き?〉〈僕のこと、大鳥さんは、好き?〉。翠は初めて〈きちんと言葉を使って〉両親に問いかける。〈たわむれるための(ずらすための・筆者注)言葉ではない言葉を使〉って。そして、〈う、うん〉と答えた母より、〈大事な友だちだと思ってる〉と答えた、つまり彼に〈大事な友だち〉という輪郭を与えてくれた父と島で暮らすことを翠は選ぶ。

かつて小学生の翠は木登りした花田に尋ねた。〈町のはずれって、どうなってるの〉。花田は答えた。〈海みたいに光ってるもの〉が見えると。曖昧にずらされた世界に住んでいた子供の翠が直感的に〈町のはずれ〉、つまり彼の暮らす空間の境界へ向けた問いは、彼には島という形で返ってきた。大鳥さんと島で暮らした彼が、再びずらされる世界へ向かうのか、その問いへの答えはまだ返ってこない。

(明治大学・東京大学非常勤講師)

『光ってみえるもの、あれは』
――〈間《あいだ》〉の変容、あるいは異類的世界からの逆襲――

――森本隆子

『光ってみえるもの、あれは』（中央公論新社、03）は、一口で言うなら、〈家族小説〉の枠組を借りた〈僕〉の成長物語である。〈セックスをして。うろうろ生きて。で、それで？〉――思春期に普遍的な問いをめぐって、高一の〈僕〉、江戸翠が試行錯誤を繰り返す初夏から秋までが、小説の時間を構成している。家族は、これまでも、川上文学の重要なモチーフであり続けてきたが、母ならぬ蛇が〈わたし、ヒワ子ちゃんのお母さんよ〉と語りかけてくる「蛇を踏む」（96）、近親相姦的な兄妹の間を〈ねこま〉なるものが往き来する「消える」（96）に始まって、それらは、むしろ近代家族を相対化する機能を果たしてきた。ところが、ここでは、江戸家は祖母の匡《まさ》子、母愛子から成る常識的な家族として構成され、横軸には恋人の水絵、親友の花田が配される。翠が婚外子であるという設定が、唯一にして最大のノイズではあるものの、これさえもが、血縁上の父、大鳥さんとの間に父子の絆を取り戻していく物語を形成していると読めないことはない。いったい、川上弘美に何が起こったのか。

まず、われわれ読者に馴染み深いズレの感覚が、ここでは微妙に変容している。〈ね、今日はどうだった／ふつう〉〈なにしてるの、こんなところで／べつに〉…。母と翠の会話が示す互いに食い込みあわない関係は、一見、これまで通りに、さり気なく展開されているようでありながら、ここでは二人の間に生起しかねない気まずさを回避するための戦術として、双方に意識されている。それが決定的になるのは、母の結婚相手と目される佐藤さんをめぐって、〈ねえ、どうだった、佐藤さん／ふつう〉というやり取りがかわされた時である。母とは、胸元から匂う香水が喚起し続けるように、〈学校からの大事なお知らせ〉だって〈ろくに読み〉もせず、平気で息子に〈恋愛の報告〉なんかをする存在なのだ。翠が母の話をやりすごし、受け流すのは、受けとめてもらえないことを先取りした、傷つきからの自己防衛である。一方、翠自身が、恋人、水絵の存在を受けとめきれない少年として描かれている。水絵の「不機嫌」を〈十五以上の型〉に分類し、いま現在の不機嫌が何番目の型に相当するかを見事に割り出してみせることのできる翠は、不機嫌という存在の気配を読み取ることにならば長けているけれど、それに対応する術は持ち合わせない。その引け目を埋め合わせるべく、不機嫌の分類学に終始している間に、水絵は不本意ながらも花田への傾斜を深め、ついに〈翠はつめたいよ〉の一言で翠を打ちのめすことになる。

ここで決定的に変容しているものは、人と人との〈間《あいだ》〉であろう。ここまでの川上弘美がもっぱらテーマにしてきたのは、他者とのズレ、もしくはズレて在る感覚そのものであった。違和に浸る苦痛と快楽は異類の世界を呼び寄せて、たとえば蛇に形象化され（「蛇を踏む」）、あるいは熊の来訪という形をとって現れた（『神様』）。しかし、〈間〉に現象する他者とのズレとは、とりもなおさず、自己には還元不可能な絶対的差異である。今、ここにおいて急速にせり出してきているものは、差異としての他者、葛藤を含んで対峙せざるをえない他者の存在そのものではなかったか。執拗に反復される翠の「細さ」は、まぎれもなく花田の〈みっちりとした体格〉との比較、つまりはコンプレックスの表象である。幼い日、木に上っては高みから世界を眺望し、木の下に佇む翠に報告してくれた花田に対する羨望は、やがて水絵を挟んだ三角関係へ展開する。一方、花田とは対照的な負のモデルが、大鳥さんである。父であることを名乗れもせず、母からも世間からも拒まれて在る大鳥さんを〈ぐにゃぐにゃ〉のダメ男とみなし、あんな風にはなりたくない、と苦々しく否定し続けながら、その〈無視しようと思っても…つい聞き返したくなる〉ような〈妙に人の心を惹く〉抗いがたい魅力との間で、翠の心は揺れ続ける。

したがって、小説は、新たな〈間〉をめぐる物語のクライマックスとして、さらに花田、大鳥さんとの間に翠の自己を揺るがすような衝撃的なドラマを用意せずにはおかない。小説終盤で、花田自身によって明かされたところによれば、水絵は花田に異性を求め、しかし、水絵の本音を知り、翠との友情も重んじたい花田は最後の一線を越えることをしなかった。そして、水絵を欲望しながら、それを肉体に禁じた花田は、以来、インテンポツに陥っているというのである。翠は、敗北者である以上に、まぎれもない加害者であったのだ。一方、父としての役割を十全に果たしきれない大鳥さんに肉薄しながら、〈ほんとうに僕はいつもいつもただの被害者だったのか?〉という疑念が、翠を覆い始める。〈今現在の僕自身に向き合(う)〉こと――急務であることを予感しながら回避してきた問いかけに、翠はもっとも苛酷な形で直面せざるをえない。他者の瞳を介して浮かび上がってくる自分とは、水絵の悲しみを受けとめきれず、花田の苦悩に気づくことなく、大鳥さんの痛みを思いやることもなかった、すべてをやりすごして自らを保全する代償に、他人を傷つけてやまない醜い人間像だった。

思春期の生からずり落ちてしまった翠は、ここに改めて、父、大鳥さんと出会い直すことになる。翠にとって、今、なしうること、なすべきことは、大鳥さんに倣って「情けなさ」を徹底的に生きることしかないからである。大鳥さんとは、父たる資格には欠けながらも、つねに大鳥さんとして江戸家の周縁に位置し続けてくれたように、状況からは逃げて逃げて逃げ回りながら、それを情けなさとして、気負わず臆せず、引き受け続けようとする人間である。祖母がいち早く直観していた大鳥さんの〈精神的膂力《りょりょく》〉である。二人がとりあえずの共同生活の場として選び取ることになる長崎の小さな「島」とは、まさに〈三畳一間の部屋に住んででも、豪奢な精神生活を送れる〉大鳥さん的な自省の空間であるといえよう。ここに小説のコトバは決定的に変貌し、冒頭以来、言なかばにして口籠もり、核心は常に内心のつぶやきに収束させてきた翠は、最も近い他者である父と母に、初めて真正面から違和をぶつけてゆく。単に肝心なことから逃れ続けてきただけの母は、徹底的に父と差異化されてくるだろう。〈ねえ、愛子さんて、僕のこと、好き?〉――まるで水絵さながらに、初めてまともにぶつかる翠に対して、母は〈う、うん〉と気圧され、吃る。そもそも、翠が花田の告白に打ちのめされて、足を滑らせて山から転落するという大事件に、大鳥さんが、ふと自殺という自傷行為を連想したのとはうらはらに、母が口にするのは〈大人になってたのね〉という、何とも口当りの良いセリフであった。しかしながら、自分自身の〈核〉を掴みかねて彷徨する翠が、今、身を置くのは、大人へ至る直前の、死へのダイビングを内包した危険な空白地帯なのだ。

水絵との一件を告白し終えた花田の口からは、ふと、〈俺って、江戸よりずっとマザコンなのかも〉の一言が洩れる。異性への目覚めが母との関係を整理するというパターンそのものは、花田自身も評するようにきわめて〈ふつう〉であろう。興味深いのは、花田の〈ふつう〉を承けて、翠が自分の〈ふつう〉に初めて違和を覚える点である。すでに明らかなように、翠の〈ふつう〉とは、ふつうには耐えられぬ状態を常態化させることで淋しさを埋め合わせるための苦しい逆説である。〈すべて世はこともなし〉――母にあっては女としての人生への絶望を宥める座右の銘であったものが、翠にあっては母への絶望を隠蔽する呪文へと、見事に皮肉に変容している。

翠と花田は、母からの旅立ちを予感しながら、空に流れる銀河の輝きに見入る。作品ラスト、それは再び、翠が大鳥さんと肩を並べる海岸の沖合いに姿を見せる。「光ってみえるもの」を「あれ」と把握してみせる視線には、すでに対象化の作用が紛れ込んでいる。それは、新たに帰還が果たされるべき世界からの、遙かな誘いだろうか。蛇との交じり合い、つまりは妣的な退行空間に、うっとり身を浸し続けてきた川上弘美は、今、異類的世界から鮮やかに逆襲されながら、新たな〈間〉の文学へと、確実に一歩を踏み出しつつある。(静岡大学助教授)

『ニシノユキヒコの恋と冒険』——静謐な空気——太田鈴子

書名に登場するニシノユキヒコは、十人の女性から見られる存在として物語られる。ユキヒコの冒険とは、関係を持った女性の気持ちを傷つけないように、上手にすり抜けていくことなのだ。「恋と冒険」という題名を裏切って静かな語りが続く。ユキヒコを見つめる女性たちは、同情的であり、感情を抑制し、嫉妬や憎悪に取り付かれた言葉を発しない。カタカナ表記で書かれた名、ニシノユキヒコは、女性たちが囁くように呼ぶ時の響きのようにも感じられる。ユキヒコに出会った時、女性たちは、好意を意味する記号としてユキヒコの言葉や気配を受け取り性愛の欲望を感じている。彼女たちは、ユキヒコを人生の伴侶として求めないし、ユキヒコの愛を期待しない。「おやすみ」のマナミは〈わたしは、ユキヒコに、くるおしく熱烈な恋をしていた。会った瞬間から。〉と語り、「夏の終りの王国」の例子は〈夏だった。／この子とセックスしたいなあ、とわたしは思ったのだ。〉と語り始める。にもかかわらず知り合って間もなく、二股も三股もかけているユキヒコに気づくと、恋愛幻想を捨て、所有欲を退けながら、怒りをぶつけることなく次第に離れようとする。恋の夢を、やさしく壊すユキヒコを、彼女たちは受け入れてしまうのである。

ユキヒコは、姉に代わる女性を探している。これは、失った姉を探し求める男の物語なのである。ユキヒコが高校一年の時に、十二歳年上だった姉は自殺した。生まれた女の子が心臓疾患で亡くなり、後離婚をした末の死であった。実家に戻ってきた、精神を病んだ姉を慰めていたユキヒコは、姉の死を自分の責任として感じた。深い淵を身の回りに廻らし、体から冷気をふきだし、なお姉の代わりを求め、姉を死に導いた亡くなった子の代わりの女の子を自分は育てたいという夢を抱き、そして、姉と同じように寂しさを抱えている女性を慰めようとしていた。五十代半ばのユキヒコが、交通事故死をした時つきあっていたのは、十八歳の愛という女の子であり、死後別れを言いにいった夏美には、七歳の時から知っている二十五歳になる娘がいる。結婚相手を見つけられなかったユキヒコの、女の子を育てたいという願望は、自己満足に近い、ゆがんだ形で実現していたと言える。

一般的に、自分の世界に入り込みやすく、多くの女性を渡り歩き、自分の居場所を見つけることのできない男というと、経済的にも女性に依存していると思われがちである。しかしユキヒコは、仕事において有能であり、高い肩書きを持ち、晩年は会社を起こし社長として活躍している。清潔感と素晴らしい笑顔、そして外見の若々しさで女性たちを引きつけるのだが、「パフェー」の夏美は夫と比べて〈七歳ほど年上なのに、夫の持つ少しばかりひややかで落ちついた空気を、ニシノさんは持っていなかった。いつまでも、世間に慣れないような、しかしニシノさんは仕事には有能であるようだった〉と語っている。仕事はできるが、いつまでも世慣れないとは女性に見せる顔であろう。いつまでも、どの女性にも姉の幻想が現れ姉のそばにいた十五歳頃の少年に戻ってしまう。姉の記憶に呪縛されたユキヒコは、繰り返される出会いと別れに〈世界はとめどない〉と感じるのである。

ところで、作者は、一九九八年八月「小説新潮」に最初の「パフェー」を掲載して以来、二〇〇三年六月「小説新潮」の「水銀体温計」によってこの物語を閉じるまで、五年にわたって、ニシノユキヒコを見つめつづけている。作者は、ユキヒコと関係をもった女性たち一人一人に語らせ、ユキヒコが中学生の時から亡くなる五十代半ばまでを追っている。繰り返されるユキヒコと女性との出会いと別れの物語を、十回にもわたって語らせたのには、ユキヒコを知りたいという作者の執着とユキヒコへの愛情が感じられる。読者は、ユキヒコと女性との物語を静かに聞くという感じを持ち、薄い幕を通して見ているような感覚を覚え、リアリティを感ずることは難しい。それは十人の語り口が少しずつ違うため、次の物語が始まると新たな語り口に慣れ状況を把握するまでに時間がかかり、さらに、語り手がユキヒコに対する感情を抑えているために、読者は、語り手の感情を受け止めることができず、語りの内容を情報として集積するということになってしまうからである。その上、ユキヒコに対する作者の意図が影のように見え隠れしているのである。作者は、雑誌発表の十の短編を単行本にまとめる際、発表順ではなく、ユキヒコの物語として入れ替え、構成している。語りは、ユキヒコが死んで、十五年前に別れた夏美の元へ会いに来たところから始まる。次に中学時代に時間が戻り、ユキヒコの同級生しおりの語り、上司であるマナミと大学で知り合ったカノコ、三十代に関わった例子、タマ、エリ子、サユリ、そして五十代半ばに知った愛の語りとなる。物語は、死の直後から始まって生涯をたどり、ユキヒコの死で輪が閉じる。

しかし、そこで語りを収めないで作者は、最後に大学時代を語るのぞみを登場させている。のぞみは、二歳年上の高校の先輩である。姉とそっくりの顔をしていると言ってユキヒコはのぞみに、〈姉にしてやれなかったことごとに対する悔やみごころもふくめ、自分が姉を異性として愛していたのではないかと、疑うように〉なったと告白したのである。ユキヒコと別れたのぞみは、最後に〈生きて、誰かを愛することができただろうか。／とめどないこの世界の中で、自分の居場所をみつけることが、できたのだろうか？〉とつぶやくように語っている。のぞみは、ユキヒコが姉に対する気持ちを語った人であり、ユキヒコの人生を案じる人である。のぞみによって、ユキヒコの四十年間に及ぶ言動を明らかにすることが、「水銀体温計」を作品の最後に置いた作者のねらいであろう。性愛を感じながらも女性たちが別れていくのは、ユキヒコが心を開かないことにあるが、その原因に姉の死がある。仕事によって得たどのような地位も知人も姉の代理にはならないというユキヒコの告白は、読者の同情をユキヒコへ向けることになるはずである。ユキヒコの不誠実さをかばう作者の愛情を感ずる構成になっているのである。ユキヒコの魅力については、中学二年で同級生だった山片しおりが語っている。〈西野君のまわりには、不思議な空気が漂っている。クラスの子たちのまわりには決してない空気。その空気を、どこまで押して行ってもとめどがないという気が、あたしはしていた。押せば押すほど、深みにはまりこんでゆく。いくら押しても、空気の向こうにある西野君には決して届かないのだ。それでもその空気はやわらかくてあたたかくてとても気持ちがいい。いつの間にか、空気がすなわち西野君自身であると錯覚をおこさせるような、そんな空気。〉核のまわりに漂うものが人を引きつけるというのは、まるで、色香を放つ花を咲かせている梅の木、真夏に枝を広げる大樹のようである。発する気が、女性を引きつけまた遠ざけてゆく。清潔で若々しい雰囲気のユキヒコは、樹木が放つ気のようなものを漂わせた神秘的な男だというのであろうか。

ユキヒコの葬儀で、江ノ島の女は、〈「西野を愛するのは、せんないことだったけど、楽しいことでもあったからね。甲斐のある苦役だったわよ」〉と言っている。決して成就することのない恋をし、嫉妬の苦しみを感じながら、どの女性も静かな時を得るのである。〈楽しい〉と思えるユキコとの時間は、癒しの時であったのだろう。

性愛のタブーからも解放され、欲望のままに生きることが可能になった現代は、他者の欲望がストレスとなっている。心を閉じ他者を感じないようにしながらも、相手を必要とし癒し合うことを求める。相手に踏み込まない瞬時の癒しは、自然と葛藤のない静寂なものとなっていくのである。姉の代わりを生きようとするユキヒコの「恋と冒険」は、現代が必要とする静謐な空気を醸しだし、癒しの時を作り出していたのである。

（昭和女子大学教授）

大いなる風、吹きつける冷気——『ニシノユキヒコの恋と冒険』——勝原晴希

川上弘美の、「天上大風」が好きだ。〈論理的思考を標榜する者〉ではあるが〈定見〉を持たない〈私〉は、夫の〈重量的定見〉を受け入れて離婚するものの、夫の口にした〈別れてくれ〉に引っかかり、これを分析して〈複雑怪奇な意味合いを含む言葉づかいだった〉ことに思い至り、〈怒りつづけることを、決定〉する。その翌年には十歳年下の男と〈会社員的恋愛〉に陥るのだが、この男もまた数ヵ月後には〈好きな子ができたんだ〉と告げる。〈もうしわけない〉とうなだれる男を〈私〉は許すが、翌朝、男は通帳と印鑑を持って姿を消す。男の口数が少なく、〈十全なる情報を与え得なかった〉ため、〈もうしわけない〉を〈再び君の元に戻る〉と解釈し、〈君の元へは戻らない〉という意味である〈確率は7％ほど〉と判断していたのだった。

〈複雑怪奇な意味合いを含む言葉づかい〉が綿々と繰り広げられる恋愛小説や恋愛映画を生理的に受けつけられないわたしは、この〈私〉がとても好きになってしまった。なにしろこの人は会社の後輩の女の子から〈彼が浮気してるみたいな気がするんです〉と相談されて、即座にこう答えるのである——〈その一。浮気してるかどうか確かめること。その二。浮気していたら別れるか別れないかを検討すること。その三。もしも浮気でなかったのならば、疑惑に陥りやすい自分について反省すること。その四。浮気かどうか不明の場合は、観察を継続すること〉。最後の、〈観察を継続する〉が、とてもいい。これ以上にないアドヴァイスだと思うのだが、翌日には

〈私という人間が恐ろしく冷酷で功利的であるという風評〉が広まっていた。〈私〉は冷酷でも功利的でもなく、ただ論理的であるにすぎないのだが、〈むろん論理的思考などというものは、実生活にはほとんど役立たないものの〉なのだ。

そんな〈私〉に友人の〈ミヤコさん〉があきれ果てながら、〈天上大風〉という言葉を教えてくれる。凧を作ったがちっとも風が吹かない、どうにかして下さいと頼みに来た子供に、良寛和尚が〈天上大風〉と書いたという。〈天上で、大いなる風が吹いていることを想像して〉、〈私〉は愉快な心持ちになる。自慢ではない（本当に）がわたしは、人生相談のようなものを持ちかけられたことがない。人生などというものよりも、もっと大切なものごとがあるではないかと考えているのが、良くないのであるらしい。せっかく凧を作ったのにちっとも風が吹かないことに、日ごろ苛々することの多いわたしもまた〈天上大風〉という言葉に、強張った心がはらはらと解き放たれて大空をふうわりと漂うのを覚えるのだ。

〈論理的〉に考えれば、時間には始まりも終わりもなく、空間には果てもなく中心もない。始まり以前・終わり以後を考えないこと、果てのまた果てを問わないこと、そのことによって辛うじてわたしたちであること、《わたし》であることを支えることができる。けれども時間も空間も仮設のものであるのだから、わたしたちの一人一人である《わたし》もまた、本当は仮設のものである。とはいえ、始まりも終わりもなく、果てもなければ中心もない世界に、わたしたちは確かに存在している（〈我思う、ゆえに我あり〉）のであって、その存在のあり方を〔わたし〕と呼ぶ（大風を受けて天上を漂う凧である）とするなら、〔わたし〕とは、世界そのものである（凧は大空に溶け込む）。というのも、〔わたし〕とは時間によっても空間によっても区切られることのないものであり、世界もまたそのようなものであるならば、両者は同じものであるからだ。《わたし》は人生を生きているが、〔わたし〕は世界に／世界として、ただ在る。

ニシノユキヒコ＝西野幸彦は、《わたし》であると同時に、〔わたし〕であるような存在である。わたしたちのすべてがそうであるように、彼は時空に縛られて生きていると同時に、時空から解き放たれている。〈生まれた年によど号がハイジャックされ〉たというから一九七〇年生まれで、〈五十のなかば〉で死ぬのであるから、『ニシノユキヒコの恋と冒険』の作品内時間は、二〇二五年あたりにまで届いていることになる。もちろん、時空から解き放たれた世界にとって、単なる架空の数字でしかない西暦年など、どうでもよいはずだ。だが、本当にそうだろうか。永遠と無限にとって、時間と空間は、無意味だろうか。作品世界に澄み切った冷たい水のように、ひたひたと、しんしんと流れている淋しさは、永遠と無限の内にある有限のものの哀しみであると同時に、有限のものに触れ合おうとする、永遠と無限であるような世界そのものの哀しみでもあるだろう。死によって時空から解き放たれた〈ニシノさん〉は、かつての恋人であった〈わたし〔夏美さん〕〉のもとに、約束どおり、やって来る。庭に横たわって、娘の〈みなみ〉と「浜辺の歌」を唱和する――あした浜辺をさまよえば、昔のことぞしのばるる――。死んでもまだ〈ニシノさん〉は、さまよっている。

『ニシノユキヒコの恋と冒険』は、ニシノユキヒコ＝西野幸彦と交情のあった十人の女性が彼との思い出、その人と為りを語る作品である。彼は、経済学部を卒業し、堅実な商社に勤務した。四十歳過ぎにはすでに〈高い肩書きのある名刺〉を持ち、五十代のなかばには〈小さな会社だけれど〉社長になり、そのお葬式は〈ものすごく立派だった〉。女たちの語る〈ニシノくん〉は〈つるつるとした、つかまえどころのない、完璧さ〉を持っていたが、同時に〈ユキヒコは、いつもどこかぎくしゃくしていた〉。彼は〈僕はつくりものだ〉〈つくりものは、結局ほんものの人間とまじりあえないんだ〉と言う。そして〈正しい道へ踏み込むのは、怖い〉〈だって、正しい人生を送ってしまいそうだから〉と言う。彼は西野幸彦という時空に縛られた人生を生きながら、ニシノユキヒコとして自らを人生から隔離した。

その奥底には、姉の死があった。子供が死んで夫婦仲がこじれ、体調を崩した姉は実家に戻り、やがて彼が友達と海の家に泊まりに行っている間に、近所の原っぱで服毒自殺した。神経を少し病んだ姉の、おちちが張っていたくてたまらないという、そのおちちを彼が吸うところを、〈しおり〉は目撃する。〈女の人も、西野君も、西野君たちをとりかこむ空気も、なにもかもが、なんてうつくしかったんだろう〉〈あの空気は、恋愛をしている者どうしの持つ空気とはちょっと違っていたが、肉親どうしの持つ空気とも、あきらかに違っていた〉。死んだ姉を求め、死んだ姉の女の子となることを求めて、女性遍歴が始まる。けれども〈西野くんを愛することができるほど強くてやさしい女の子なんて、この世に〉〈いないだろう〉と、〈例子〉は思う――〈西野くんが可哀相で、わたしも泣きだしそうだった。でも、我慢した。同時に、さきほどの、西野くんから吹きつけてきた冷気のようなもののことを思うと、正直なところ、ぞっとした〉。

冷気のようなものは、永遠と無限から吹きつけてくる。〈からくり人形〉はいつもは暗いところにじっとしていて、一時間に一回くらい出て来て、出てくると楽しく踊ったり歌ったりするが、また暗いところに戻って、永遠に、壊れるまで、そういうことを繰り返す、そんな〈からくり人形〉になりたいと言った〈真奈美〉を〈ユキヒコ〉は好きになる。〈暗いところ〉に囚われた彼には〈楽しく踊ったり歌ったりする〉ことができない。永遠と無限は有限のものとの触れ合いに、もう一つの顔を見せるのだが、それを彼は恐れた。〈真奈美〉の言う〈ひとのあたたかな息づかいの中にある、かすかな匂いをはなつもの〉〈空や流れる水や地面がもたらしてくれるしっとりとしたかぐわしいもの〉を。――わたしはやはり、「天上大風」が好きだ。

（駒澤大学教授）

『なんとなくな日々』──河童な日常──

中沢 弥

河童といえば、水神の一種とされ、日本各地に伝承されている。伝承の中にひそむだけではなく、現在でも生き続けていると言えるだろう。芥川龍之介の「河童」という小説はよく知られているが、これはいわゆる風刺小説で、描かれているのは河童伝承ではなくて河童の世界を借りた人間社会の批評である。その芥川が酒に酔った勢いで描いた河童の絵はずいぶんと痩せていて異様だ。お酒のコマーシャルで有名になった清水崑の女河童は色気を発しているし、牛久沼のほとりに住んで河童の絵を描いた小川芋銭という画家もある。

挙げればきりがないが、河童好きの小説家といえば火野葦平がいて、多くの河童小説や随筆を書いている。『河童曼陀羅』（四季社、昭32・5）という本は、自作の小説に知人の作家や画家に描いて貰った河童の挿絵を添えた分厚い豪華本である。その『河童曼陀羅』に収められた短編を水木しげるが漫画化したものが、『河童膏』（双葉社、昭45・9）というタイトルで出ている。これは最近になってその存在を知った大人向けの漫画本で、小学生が読むようなものではない。当然子供の頃の私が読んでいたのは、同じ水木しげるでも「河童の三平」の方である。もっとも「河童の三平」には貸本漫画のために描かれた作品がまず最初にあり、子供の私が新作だと思って読んでいたのは、ちょうどテレビ放送の開始に合わせて「週刊少年サンデー」に連載されていた描き直された作品であったのだが……。

水木しげるの「河童の三平」は、河童に似ていると同級生にいじめられる小学一年生の三平が主人公である。三平は、祖父と二人暮らしで、行方知らずの両親とは縁の薄いいじめられっ子という設定だ。その三平が、自分そっくりの河童と出会って、交代で学校に通うことになる。たまたま河童が登校した日に水泳の予選会があって（当然河童は泳ぎが得意なので）村の代表選手になってしまう。翌日の大会に出場するのは、全く泳ぐことの出来ない人間の三平の方である、といったエピソードを覚えている。

そうしたコミカルな場面もあるが、「河童の三平」全体をおおうのは逃れようのない無常感のようなものである。三平が水泳騒ぎに巻き込まれているさなか、死神がやってきて三平のお祖父さんをあの世に連れていこうとする。成績の上がらない営業マン風の死神は、その目的を阻止しようとする人間と河童の三平に何度も邪魔をされる。だが、やはりお祖父さんは死んでしまうのだ。枯葉の散る林の中に一人たたずむ三平の姿は、印象的だった。

「河童の三平」に関する子供の頃の記憶は、お祖父さんが死んだところでいったん途切れる。その後は断片的にしか覚えていないので、後に文庫本で読み直してようやく物語がつながっていくのだが、三平はまず父親と再会する。どうやら父親は、家族をほったらかして一寸法師の研究にのめり込み、ついに小人族の生き残りを発見したのだという。しかし、再会を果たした父親も死神に連れて行かれ、最後にはあろうことか猫の国に迷い込んだ三平も逃げ出そうとして崖から墜落して死んでしまう。幽霊となった三平は、自分になりすまして母親と暮らすよう河童に頼んで、冥界へと旅立っていく。ようやく母親と会うことが出来たのに、今度は三平自身があの世に行かなくてはならない。なんと寂しいことであろうか。

川上弘美のエッセイ集『なんとなくな日々』に収められている「春が来る」は、友人が河童に遭遇したという話である。彼女は、田舎でのお葬式帰りに田んぼの畦道を歩いていて河童と目が合ってしまったのだという。〈葬式帰りの畦道で、十五センチほどの者とすれ違った。驚いて振り返ると同時に向こうも振り向き、目が合った。たしかに河童だった。頭には皿もあった。次の瞬間河童は駆けだし、用水路にぼちゃんと飛び込んだ。〉というのが、その目撃談である。

河童は、「河のわらべ」という字を見てもわかるように一般に子供ぐらいの大きさとされているが、十五センチはかなり小さいような気もする。最近はやりのペットの小型犬よりも小さい。子猫くらいの大きさという感じだろうか。「河童の三平」にでてくる小人族が、ちょうどそれくらいの大きさである。それにしても、葬式帰りならば何人かで連れだって歩いていたのだろうから、他の人は目撃しなかったのかなどと思いもする。それは良いとしても、面白いのはその経験を語る友人の言葉だ。彼女は言う、〈春だから。目が合っちゃったから、しょうがないんです〉と。

河童といえば、人間を水の中に引きずり込んだり、尻子玉を抜くといわれるからかなり恐ろしい存在でもある(尻子玉ってなんだろう?)。その一方で、人間と出会うことを極度に恐れるともいう。となると人間に出会ってしまった河童にすればそれは大変なことなのだろう。パニック状態で、用水路に飛び込んだものと思われる。それを目撃した彼女も、もう少しあわてても良いのではないか。だが、どうもそうした様子はないようだ。

例によって、というのは川上弘美の小説を読んでいればということだが、河童の話を友人に聴いたのは居酒屋か小料理屋といった場所で、ゼンマイの煮付けや菜の花のおひたしなど春の味覚と一緒に酒を味わいながら耳を傾けているという状況である。そうなると〈春だから〉という言葉は、まるで春の味覚に舌鼓を打つのと同じような感覚で、河童との出会いを語っているような気持ちになってくる。別に、菜の花のおひたしが食べたいという欲求がふくらんでいるわけでもないのに、やはり〈春だから〉なんとなく手が出てしまう。そして次の年の春まで菜の花のおひたしのことなど忘れてしまう。そういったものは身の回りにたくさんあるし、忘却することは罪ではないだろう。それと同じで、河童と出会ったことも、季節の添え物のような感じで日常に彩りを添えている。友人の〈春だから、目が合っちゃったから、しょうがないんです〉という言葉は、そうした生活の一断片をあらわすものにすぎないのかも知れない。

そもそも『なんとなくな日々』を読むと、河童より無気味な存在が、ずいぶんと筆者のまわりにいるように感じられる。

アルマーニを着て赤提灯に行く銀座に勤め先がある友人。花束を衝動買いしたものの、自分は花を枯らしてしまうからとその花束を押しつけてくる友人。新緑の季節になると自分が見た夢の話をするためだけに電話をかけてくる友人。つい、無気味と書いてしまったが、別にこれらの人々の行動がとくに異常だというわけではない。とはいってもやはり筆者とは少し波長が合わないところがあるということも確かである。

親しい友人だからといって完全に波長が合う人間などいないだろうし、逆に友人の方からこっちを見ても同じだろう。自分の行動のあるものが、他人にとって不可解に見えてしまうということはしばしばあるに違いない。

その時は、河童と目が合った友人と同じで、せめて季節のせいにして〈春だから、しょうがないんです〉とでも言うしかない。どっちが河童で、どっちが人間か、という問題はあるかも知れないが、お互い自分が人間と出会ってしまった河童だと思って納得するしかない。

（湘南国際女子短期大学助教授）

フェイクとエッセイ――『ゆっくりさよならをとなえる』――佐藤健一

川上弘美は知的な作家である。知的すぎて愛が足りない、と思わず言いたくなるほど知的である。

素顔は売らない演技的な文章。それを読者に素顔の日常と思い込ませる文章。川上弘美の文章は、そんな計算が行き届いている。エッセイを書くときも「私」との距離をきちんととって操作している。たとえば〈あたしは恋の奴だ〉と書き出すエッセイ「「あたし」という恋愛的体質論」（斎藤美奈子編『男女という制度』所収）。〈「恋の奴」という言葉を知ったと同時に、あたしは生まれた。あたしは誰かというと、私の中にある「恋の奴」的なものが凝って出来たもの〉だと言い、さらに〈あたしが生まれる元になった私〉という言葉に付けた脚注では、〈「あたし」が筆者自身ではないのと同様、「私」もむろん筆者とは別物である。筆者と「私」の距離は、たとえば小説の主人公「私」とその小説の作者との距離と同じくらいのものである。かもしれない。〉と言う。言説というインターフェースにとって常識となった考えだが、川上弘美にはめずらしいストレートな自己言及に思わずテレたのだろう、最後に〈かもしれない〉と朧化表現に持ち込んだ。そこは川上弘美らしい。

しかし筆者が語り手に距離をとりすぎるときがある。「溺レる」の語り手「わたし」に、〈ぽかんと口を開けてモウリさんを仰ぎ見ると……〉のように意識しない自分の表情さえ見させ語らせてしまう。〈くまはわたしの肩を軽く叩いた。／「そんなお顔なさらないで下さい」／そんな顔、と言われ、自分の口が開かれ眉が寄せられていることを知った。〉（「草上の昼食」）という程度の距離がいい。

私に課されたのは小説ではなく、エッセイ集『ゆっくりさよならをとなえる』だった。エピグラフに田辺聖子『私的生活』より〈「お芝居けが要るの、恋愛に」「要りますよ」〉の二行を引いた、収録エッセイ「不幸に似通ったもの」の末尾で、川上弘美は〈掲出の言葉、「恋愛」を「人生」と置き換えてもいいだろう〉と言っている。人生には〈お芝居け〉が要る。それは川上弘美の文体の要諦でもある。

そこでまたしても小説の話になる。〈わたしはそういうモウリさんが好きみたいだった。好きだから、うかうかと一緒に逃げはじめたのだった〉という〈お芝居け〉たっぷりの文体は、語り手が「わたし」自身の感情からさえ距離をとり、しかも〈うかうかと〉の一語もしっかり押さえ、逃避行の意志もその意志を生む感情も不確実なものにする。逃避行の行為それ自体のみを演じる文体だ。〈アイヨクにオボレ〉という現象あるいは事態を指し示す言葉がまずあって、その〈言葉を知ったと同時に〉生まれた「私」の中の「わたし」が行為遂行的に演じてみせる言葉の運動（文体）が、川上弘美の物語（うそばなし）である。〈溺レ〉という言葉を設定して発動する仮想行為の〈溺レる〉物語である。ちなみに『溺レる』巻頭作「さやさや」のサクラさんが語る（男はつらいよのトラさんのような）不在の叔父との物語は珍しく濃密だが、目の前にいるメザキさんとの関係の補遺として言説化されている。しかし物語内容は逆にメザキさんの方こそ不在の叔父の補遺として読める。メザキさんを前にサクラさんの心ここに在らずで、メザキさんはサクラさんの「私」を相手にできない。サクラさんは雨の中メザキさんの声を聞きながら道ばたの草むらで尻を濡らしてさやさやと放尿できる。川上弘美の物語は、語りたいことを語るための補遺（うそばなし）としてある。

川上弘美が学んだ生物学では、生物の名まえはカタカナで表記される。それにしても、川上弘美の『おめでとう』収録作について、カタカナで命名され〈体臭を捨てた彼ら彼女ら〉の〈性交を行った〉には〈愛液の匂いがない〉という池田澄子の「解説」にはびっくりした。言われてみれば確かに、そのサラサラ感は限りなく清潔に近い不潔というか、いや逆だ、限りなく不潔に近い清潔な世界（物語）を実現している。ただし〈性交を行った〉は、身も蓋もなく言ってしまえば行為の概念的な表示でしかない。ところが概念でしかない言葉を人物や動物たちの行為の属性と化して物語を展開するのが川上弘美のフェアリーランドだ。

川上弘美は「神様」で自分の文体をみつけたという。「神様」は、日常の中の異物（くま）を語る文体ではない。逆に「くま」という記号の共示空間に展くフェイクとして日常が構成される。〈くまにさそわれて散歩に出る。川原に行くのである。〉という書き出しの「くま」という記号が、人物のメタフォアないし綽名として読まれ／書かれていたら（大庭みな子の小説のように）、日常の中の異物を語る物語となっただろう。記号の「くま」は動物の熊という概念を記号内容に保持している。「くま」は人間的能力と熊の能力を併せ持つ万能の〈神様〉となる。続編「草上の昼食」で、記号の「くま」が言葉の累積によって「熊」の属性をいよいよ顕現し〈こわい、とわたしは思った〉その時、物語の日常に手応えを得たのである。それは言語の制度の確認作業ともなっている。

川上弘美にとって言葉以前の日常とは、あるようなないような、なんとなくな日々である。くまや河童や幽霊や蛇などの異物がそれに先立つ日常の中に侵入してくるのではない。くまや河童や幽霊や蛇という言葉を設定して確かめられる日常が書かれる。「蛇を踏む」の「わたし」にとって蛇は〈女〉であり、蛇の方からは〈あなたのお母さん〉である。〈「ヒワ子ちゃん、いいかげんに目をさましなさい」〉と〈女が言う〉言葉に、あろうことか「わたし」は〈「目をさますのはあなたでしょう」〉と応じてしまう。蛇を踏んでしまい、目覚めさせてしまって格闘する。これは複合、だろうか。蛇に巻きつかれた「わたし」はバッカスの杖（ファロス）だろうか。

『ゆっくりさよならをとなえる』に収録されたエッセイの発表は、小説『センセイの鞄』の連載期間と重なる。「月の記憶」はイタロ・カルヴィーノ『柔かい月』に触発されたエッセイである。〈私にとっての月は「触れるものすべてをその粘液質の果肉の中に呑み込んでしまう」もの〉であり〈ぐちょぐちょしていて、ちょっとくさくて、おおらかなもの〉だという。『センセイの鞄』の最初の章は「月と電池」であり、センセイの未だ〈「ほそぼそ生きてる」〉電池と「わたし」（ツキ子）が眺める月の取り合わせは、物語の終わりに向けた、作者による読者へのサービスだろう。エッセイ「月の記憶」は『センセイの鞄』の語り手による補遺である。物語（うそばなし）が生まれる順序は逆で、この補遺を媒介とするフェイクであろう。身体のなかの「蛇」の動きを追って「月」という記号の共示空間を満たす言葉はいかに可能か、言い換えるなら物語の語り手の欲望は、元気な電池よりも〈「モーターを動かすほどの力はないが、ほんの少し生きてる」〉電池を相手に、その発動可能性が確かめられなければならない。小説構成上は、最初の章「月と電池」でツキ子とセンセイの無意識を語ったことになる。

川上弘美の〈さよなら〉は、身も世もあらず口走るような激情の言葉ではない。ゆっくりとなえるべく選ばれた言葉であり、人間の関係を書きたいと繰り返す川上弘美の言葉は、いきおい言語の交話的機能を重視する。ツキ子が連発する「はあ」もそのひとつで、使い方によっては交話を拒絶する機能をもつ場合もあるが、少なくとも戦後のニュース映画に頻出した「あ、そう」よりは有関心的である。ロマーン・ヤーコブソンが言語の交話的機能の説明に例示している〈新婚旅行に来た若夫婦の会話〉を読み返して、これは川上弘美だと笑ってしまった。青年〈さて〉彼女〈ええ〉青年〈着いたよ〉彼女〈着いたのねえ〉青年〈そうさ、やっと来たんだよ〉彼女〈ええ〉青年〈うん、そうさ〉。R・ヤーコブソンは〈これはまた小児が獲得する最初の言語機能〉だとも言っている。小説「物語が、始まる」の「私」（ゆき子）は〈男の雛形〉に言語を獲得させる過程で、恋人と別れる。タイトルどおり、語り手「私」に恋人（現実）ではなく雛形（言葉）を選ばせたのだ。笙野頼子『硝子生命論』もそうだが反ピグマリオン（男）の人形愛物語が女性作家によって書かれている。川上弘美はアフロディテか？

川上弘美はエッセイ「ベタベタ」で電車の中の若いカップルの会話を写しとっている。〈「愛してるよ」「あたしも」「好きで好きでしょうがない」「あたしもだいすきなの……」「可愛いよ」〉。エッセイの語り手同様〈ひゃー〉である。気持ち悪くなった男性のために席を譲った人に、女性が〈「ありがとう。あたしたちあんな『ベタベタ』してたのに」〉と言う。川上弘美は、女性の「ベタベタ」の使い方を〈技〉の〈白眉〉と言う。〈男性の方がリードしている雰囲気〉だったのに実は「雛形」にすぎず、殆どパーである。男性に見られる身体の自己享受（快感）に浸ってみせた女性の身体は周囲からの視線も自己享受していたのである。恋愛言語の交話的機能を〈ベタベタ〉一語で表すのは高度な抽象だろうか？〈言葉ってほんとに面白い。という話でした〉と閉じる。

川上弘美が関心をもつのは言葉である。幼いころはモノだった。エッセイ「ハンカチ」は、ハンカチでモノを包んで結び／解く、幼いころの一人遊びを語っている。見慣れたモノが包まれ、解かれることで新鮮に〈再生〉する。再生したモノに〈はじめまして。ようこそこの世界へ〉と一人言をいう。それを女性の生殖という単一の物語と関連させて精神分析したら〈なんだかつまらない〉のは当然だ。そのように読者に釘を刺す。一人言は情報を担ったメッセージとしての物語ではない。潜在的な物語との交話である。〈世界とたいそう親しくなったような、あの渾然一体とした歓び〉と振り返る、その〈世界〉との回路としての物語は少女に未だ潜在的だった。〈不惑もとうに過ぎ〉てモノからコト（言）へと離脱した今はもう、あのモノと親和的になれた〈歓びは蘇らない〉。

若き川上（山田）弘美は〈男性と女性の違いは大きい……互いに理解できない側面〉があると語ったという（小谷真理「ポケットに、ナイフ」）。川上弘美の物語をエイリアン・コンタクト・ストーリーと見る小谷真理は、主人公に接近遭遇する神様・人形・もと蛸・センセイといった存在は〈通常の「男」からズレている〉エイリアンだと指摘する。通常の「男」とは、自らの言語体系を自明化し自足する電車の中の殆どパーな若者かもしれず、女性はその言葉とも交話可能な言語を内包する一段大きな言語の体系を持つのかもしれない。つまり〈通常〉の感性にエイリアンと見えるのは、通常の女性から見られた男性性として女性の言語体系に分節化されている言葉であって、あの「ベタベタ」は既存の言語体系のなかで行われた高度な抽象などではなく、身体に残存する感覚と外部からの視線の両性を具有する言語であるのかもしれない。身体の自己享受を外示する生々しい言語！

（日本大学教授）

『あるようないような』――「ずれる」ということ――

上宇都ゆりほ

一、異界の共犯者

川上弘美の作品では、主人公はしばしば唐突に異世界に踏み込むのであるが、主人公である〈私〉はなぜかすんなりとその状況を受容してしまうのである。〈私〉の隣に突然〈くま〉が引っ越してきて一緒に散歩に出掛けたり（「神様」）、〈男の雛型〉（「物語が、始まる」）や〈人魚〉（「離さない」）を飼い始めたりする事情は、常に〈自分でも不明〉（「物語が、始まる」）なのである。こうした川上作品の非日常性については、夢の論理を描いたと評されることもあるが、突然異界が開かれる手法については内田百閒の諸作品が先行例としてあり、川上自身も百閒の愛読者であることを告白している（「この三冊」）。事実、川上の作品の重要な要素である文体に関して、〈あんがい〉などの副詞の表現によって醸し出される古風さ、また文末表現を次の文に繰り返すことによって生じる文と文との間の取り方などに、話術を重んじ、徳川夢声を敬愛した百閒の影響を指摘できる箇所は多い。

しかし、川上と百閒では作品に対する基本的なスタンスが全く異なっている。百閒の作品は異界を描いた幻想譚と日常を描いた随筆に大別されるが、幻想譚には主として「恐怖」の感情が表され、〈私〉は〈吃驚して〉逃げる、という図式が多用されている。それに対して後年多く書かれた随筆には、世間の常識と自分の感覚のズレを「笑い」として描き、そのズレのおかしみは多分に自覚的、意識的であったことがわかる。すなわち、幻想小説においても、随筆においても、その作品の中で世界からズレているのは主人公である〈私〉だけであり、だからこそ〈私〉は徹底的な「恐怖」や「笑い」を感じることができるのである。

それに対して、川上作品では作品中に「恐怖」と「笑い」が曖昧に混在している。川上作品で主人公がすんなりと異界に入っていけるのは、常に同調者、言い換えれば共犯者がいるからである。〈私〉は恋人と〈雛型〉を連れて散歩に出てしまうし、〈私〉が恋心を抱く友人は、強姦された〈私〉に〈七面鳥〉に乗っかられた体験を話す（「七面鳥が」）。川上作品に登場する友人や恋人は皆一様に〈私〉の世界に寛容である。従って、結果的に〈私〉は世界とのズレを感じることから逃れられ、決定的な「恐怖」や「笑い」に晒されることもない。このような作品自体の質によって、川上の作品では百閒のように幻想小説と随筆というジャンル分けも無意味となる。

『あるようなないような』は一応「随筆集」としてジャンル分けされているが、そこに幻想譚の要素が入ってくるのは、以上述べたような川上作品の質からすれば必然的なものであろう。そこに登場する友人らが「私」の世界に極めて融和的であることは、逆に言えば「友人」の存在自体が曖昧なものであることを意味する。実際に〈穴を掘る話〉に付き合ってくれたり（「穴」）、頭蓋骨の美的概念に共感してくれる友人がいれば（「頭蓋骨、桜」）こんなに幸せなことはないが、さすがに〈大仏〉が自宅を訪問することはあり得ないだろう（「近所の大仏」）。このような友人たちの示す「優しさ」は、川上の話題が世間の常識からズレていればいるほど際だつ。川上作品に流れるほのぼのとした雰囲気は、幻想小説であれ随筆であれ、「ずれる」ことを共有してくれる共犯者の存在によって作り出され、それが文体の間の取り方と相俟って醸し出されるものなのである。

二、「ズレ」と自意識

なぜ川上は作品の中で「共犯者」を必要とするのだろうか。川上作品における「共犯者」たちは、すべからく世間の常識からズレている。存在そのものがズレている場合も少なくない。そして、それらの様々な人間や人間以外のものたちは、その存在自体のズレを自覚し、場合によっては「ズレ」をなくそうとして世間の常識に沿って行動しようとする。だが、「ズレ」がその存在自体にあるわけだから、世間の常識を身につけたところでズレの感覚は解消するべくもなく、結局〈馴染みきれ〉ずに故郷に帰ってしまうことになるのである（「草上の昼食」）。そしてその存在を受け容れてしまう〈私〉も、当然のことながら世間とのズレを感じつつ暮らしているはずである。すなわち、二者の友情は、ズレていることの痛みを分かち合う上に成り立っていると言えよう。

周囲との「ズレ」を感じながら生きる、ということは裏返せば「私」が常に他者との関係を測ることに神経を張り巡らせていることを示していよう。川上作品にはこうした繊細な自意識が表出しており、作品の素材やテーマが何であろうとも、こうした自意識を眺めることに主眼が置かれているのである。それは恋愛という濃密な二者関係を描く場合であっても例外ではない。〈男の雛型〉に次第に恋した〈私〉について、その戸惑う感情を〈ときどき未熟にな〉ったり、〈まさに馬鹿〉になった（「物語が、始まる」）と分析する。恋愛感情に内在する幼稚さをぽんと投げ出してユーモアにしてしまう描出は特筆に値するが、〈三郎〉こと〈雛型〉が〈私〉と恋人の関係を〈本質的ではない〉という一言で斬って捨てたように、川上はどんな対人関係でも冷徹に見据えている。

「ずれる」や「境目」などというタイトルが示すとおり、『あるようなないような』には、川上の世間との距離感に対する自意識が率直に表されている。そこに描かれるのは「共犯者」の存在する優しく、牧歌的な世界とは対照的に、孤独で厳しい現実である。「世界の終わりの『サザエさん』」には、幼少時の一時期をアメリカで過ごした頃、夜中に父母が見当たらず、一人で『サザエさん』を読んでいたというエピソードが記されている。その時川上は〈世界が終わった〉と感じ、〈一人で生きていく〉ことを〈妙に澄んだ気持ち〉になって受け容れたという。六歳の子供が保護者を見失った時、パニック状態となるか周囲に助けを求めに行くのが普通ではないだろうか。〈世界が終わった〉という感覚はまず観念的な「世界」が構築されていないと成り立たないし、〈一人で生きていく〉という決心も保護者の存在しない確固とした自我の形成を前提条件とするものである。このことは川上が非常に早熟であることを意味するが、そのように早熟にならざるを得なかった状況も大きく関わるものであろう。

そのことを具体的に示すエピソードが次に綴られる「Ｍｏｎｋｅｙ」である。この作品は「子供は母語以外の言語を柔軟に習得する」という世間に流布している神話を見事に打ち砕いているが、それ以上に、世界の把握と言語の習得の関係が鮮やかに語られている。〈Hiromi is a monkey〉という、普通なら侮蔑にしか受け取れない囃し言葉を、〈囃す子供たちに混じって、なんとよろこばしく、唱えたことだろう〉と語る川上の言葉は胸に迫るものがある。〈ふたたび世界は、わたしに向かって開かれたのである。大いなるmonkeyの呪文によって。〉という二行は、この体験が与えたその後の川上の言語への感受性に対する影響の大きさと、川上の「ズレ」の感覚の源泉を示唆している。川上はトーベ・ヤンソンの世界が好きだという。川上が共感するのは、〈とんがりねずみ〉や〈おしゃまさん〉らが〈私を保つ〉方法を知っているからである。彼らの孤独でありつつも強く明晰な姿は、川上が六歳の頃に感じた「世界」に通ずるものであろう。

川上の小説は夢とは対極にある。明晰に「ズレ」を描き続ける川上の作品世界はときにユーモラスでありつつも、孤独であり、決して押しつけがましくなく、それでいて強く、美しい。

（聖学院大学非常勤講師）

川上弘美 主要参考文献

韋 娜

雑誌特集

「小説新潮」（02・3）「特集 江國香織と川上弘美 いつも同じ春ではなくて」
「本の話」（02・7）「特集 川上弘美たくさんのフシギ」
「ユリイカ」（03・9臨増）「総特集 川上弘美読本」
「文学界」（03・10）「特集 川上弘美の文学」
「文 芸」（03・秋）「特集 川上弘美」

論文・評論

清水良典「川上弘美覚書―フツウの「私」の行方」（「文学界」96・7）
大塚英志「〈サブ・カルチャー―文学論10〉「物語」と「私」の齟齬を「物語」るということ―川上弘美論」（「文学界」99・10→『サブカルチャー文学論』朝日新聞社、04・2・28）
カトリン・アマン「境目が消える日常 川上弘美『蛇を踏む』」（『歪む身体―現代女性作家の変身譚』専修大学出版局、00・4）
小谷野敦「〈文壇を遠く離れて3〉川上弘美における恋愛と幻想」（「文学界」01・4）
青柳悦子「あるようなないような―気配と触覚のパラロジカル・ワールド――」（土田知則・青柳悦子『文学理論のプラクティス―物語・アイデンティティー・越境』新曜社、01・5）
加藤典洋「〈現代小説論講義〉川上弘美『センセイの鞄』」（「一冊の本」01・11、12→『小説の未来』朝日新聞社、04・1・30）
原 善「川上弘美の文学世界」（「上武大学経営情報学部紀要」01・12）
田中和生「孤独な異界の「私」―川上弘美論」（「文学界」02・12）
島内景二「現代文学の輪郭―川上弘美「溺レる」の世界」（「電気通信大学紀要」03・1）
佐野正俊「川上弘美「神様」の教材性―教室における読むことの論理」（田中実編『「読むことの論理」をめぐって 文学・教育・思想の新たな地平』右文書院、03・2）
斉藤 環「身体を回避する虚構」（「文学界」03・12→『文学の徴候』文芸春秋、04・11）
青柳悦子「川上弘美―様態と関係性の物語言語化」

（「解釈と鑑賞」04・3）
原　善「〈作家と作品〉読者を離さない力―川上弘美「離さない」―」（「国語教室」04・5）

書評・解説・その他

筒井康隆／小林恭二／井上ひさし「パスカル短編文学新人賞・正賞　神様　川上弘美　選評」（「GQJapan」94・7）
――「第115回　芥川賞に川上弘美氏　直木賞に乃南アサ氏」（「週刊読書人」96・8・2）
――「〈News Wave〉芥川・直木賞ともに女性　この感性に男たちの脱帽」（「週刊読売」96・8・4）
――「〈人物ワイド・オーバーヒート〉モデルと間違えられた長身・美形・微笑」（「週刊読売」96・8・25）
日野啓三／丸谷才一／三浦哲郎／宮本輝／田久保英夫／黒井千次／石原慎太郎／古井由吉／大庭みな子／池澤夏樹／河野多恵子「芥川賞選評」（「文芸春秋」96・9）
向井　敏「独得の軽快な話法、変身物語の小傑作」（「毎日新聞」96・9・2）
――「芥川賞・直木賞の贈呈式開く―川上弘美氏「縁ということを思う」　乃南アサ氏「取材でお世話になる」」（「週刊読書人」96・9・6）
島　弘之「要約不能、独特の「詩」的世界」（「日本経済新聞」96・9・22）
秋山　駿「蛇がからむ日常風景　豊かな話作りの才能」（「朝日新聞」96・9・29）
川上弘美／細貝さやか（聞き手・構成）「〈今月のひと〉川上弘美」（「すばる」96・10）
清水良典「身体空間分のリアルさ―〝うそ〟の世界に筒のように嵌まり込む―川上弘美著「蛇を踏む」「物語が、始まる」」（「週刊読書人」96・10・18）
与那覇恵子「現代女性の深層意識を映す「蛇」川上弘美「蛇を踏む」」（「サンデー毎日」96・10・20）
――「〈Book Review〉「蛇を踏む」川上弘美著」（「週刊読売」96・10・20）
渡部直己「反動が、また始まる―川上弘美著「物語が、始まる」・川上弘美著「蛇を踏む」」（「図書新聞」96・10・26）
小林恭二／柳瀬尚紀／いとうせいこう／中沢けい「〈マルチ読書〉自我を消して、生き返るＳＦ影響下の純文学」（「読売新聞」96・10・28）
清水良典「ナラティヴの双方向性―川上弘美「蛇を踏む」」（「すばる」96・11）
増田みず子「風変わりな味持った新鮮な作品―蛇を

踏む」(「週刊ポスト」96・11・29)
芳川泰久「川上弘美「物語が、始まる」「蛇を踏む」で芥川賞を受賞した女流作家の作品集」(「マリ・クレール」96・12)
重里徹也「いとしい 著者川上弘美さん 人物の"行動"を描きたかった」(「毎日新聞」97・10・12)
赤坂真理〈文学界図書館〉偏愛という潔さ。―川上弘美「いとしい」」(「文学界」97・12)
北河知子「幻想の中の花鳥風月―川上弘美著・山口マオ絵「椰子・椰子」」(「週刊読書人」98・6・12)
堀江敏幸「〈文学界図書館〉今はもうないものの光―川上弘美「神様」」(「文学界」98・12)
小谷真理「さらば愛しき幻獣―川上弘美「神様」」(「すばる」98・12)
近藤裕子「穏やかで親和的な異類たち」(「週刊読書人」99・3・12)
松浦寿輝「解説―分類学の遊園地」(『蛇を踏む』文春文庫、99・8)
しりあがり寿「川上さんのキレイなスタンス」(「本の話」99・9)
斉藤綾子「〈文春図書館〉川上弘美溺レる―「蛇を踏む」の芥川賞作家が描く大人の恋」(「週刊文春」99・9・9)
穂村 弘「解説」(『物語が、始まる』中公文庫、99・9)
小池昌代「存在と存在が混ざり合う場所「関係」そのものに目を凝らして」(「図書新聞」99・9・25)
高井有一/木崎さと子/川村湊「創作合評―「ルナリ・ルナリ」川上弘美」(「群像」99・10)
佐伯裕子「自分の傍らにもある無明―情念の怖さを際立たせる無機質な文章」(「週刊読書人」99・10・1)
安原 顕「〈安原顕の一押し文庫本〉川上弘美「蛇を踏む」」(「サンデー毎日」99・10・3)
久世光彦「第9回 Bun Kamura ドゥマゴ文学賞受賞 川上弘美『神様』光あふれる文学」(「ドゥ マゴ通信」99・10・10)
高橋睦郎「「溺レる」川上弘美―二人と他の一人…感動に黙していたい連作」(「すばる」99・11)
与那覇恵子「恋愛不全小説群―川上弘美「溺レる」」(「文学界」99・11)
亀和田武「溺レる 川上弘美―感性度の高い幻想小説に濃密な官能性が融合」(「週刊宝石」99・11・4)
安野光雅/鹿島茂/久田恵「〈鼎談書評〉文体の生まれるところ」(「本の話」00・1)
久世光彦「〈飲食男女6〉「溺レる」」(「本の話」00・1)

井辻朱美「ふとん内部空間の安息—まったく新しい自然体の感じかた」（「週刊読書人」00・1・14）
渡辺　保「文芸時評」（「新潮」00・4）
—「〈ひと2000〉川上弘美」（「北海道新聞」00・5・16）
安岡章太郎／菅野昭正／黒井千次／津島佑子／高橋英夫／川村二郎「伊藤整文学賞　選考委員評」（「北海道新聞」00・6・8）
—「伊藤整文学賞授賞式」（「北海道新聞」00・6・17）
瀬戸内寂聴／川上弘美「〈対談〉今の作家・昔の作家」（「群像」00・8）
阿川弘之／佐伯彰一／瀬戸内寂聴／田辺聖子「女流文学賞選評『溺レる』川上弘美」（「婦人公論」00・10）
松山　巖「震える声—川上弘美「おめでとう」」（「波」00・11）
高橋源一郎「〈退屈な読書295〉微妙で、大きな、その違い」（「週刊朝日」01・2・2）
井坂洋子「「ほかほかする」永遠の時—感性の動かし方やことばつきの味わいどころに妙味」（「図書新聞」01・2・17）
芳川泰久「「おめでとう」川上弘美—〝揺れ〟のエクリチュール」（「文学界」01・3）
小谷野敦「にわか文芸時評家の日々」（「ウォッチ文芸「朝日新聞」98・12→『軟弱者の言い分』晶文社、01・3）
川上弘美／後藤繁雄「川上弘美　いとしさとかなしさと」（『彼女たちは小説を書く』メタローグ、01・3）
川上弘美「一部を書いて全部を書きたい—川上弘美（特集いま言葉を書く）」（「広告批評」01・4）
佐竹茉莉子「〈PEOPLE〉川上弘美　書き始めるのに、けっこう力技がいるんです」（「清流」01・4）
南　伸坊「解説—お読みになったら吃度気に入られます。」（『椰子・椰子』新潮文庫、01・5）
久世光彦「ヘンな椰子・椰子　川上弘美著・山口マオ絵『椰子・椰子』新潮文庫」（「波」01・5）
高橋源一郎「〈退屈な読書319〉恋愛を前提としたおつきあい　川上弘美『センセイの鞄』」（「週刊朝日」01・8・3）
原　善「川上弘美」（川村湊／原善編『現代女性作家研究事典』鼎書房、01・9）
沼野充義「生と死の間に、あわあわと広がるもの　川上弘美『センセイの鞄』」（「群像」01・10）
—「自分の力だけではない最後の何かが—川上評価される場に立ったのだと感じる—田口　平成十三年谷崎潤一郎賞・婦人公論文芸賞贈呈式」（「週刊読書人」01・10・26）

井家上隆幸「エンターテインメント小説の現在　川上弘美の巻」（「図書館の学校」01・11）

柴田元幸「さりげない異化―川上弘美「ゆっくりさよならをとなえる」」（「波」01・11）

穂村　弘「完璧な抱擁を求めて―川上弘美の世界「散文的な現実」のなかで「現代の女性」を生きるために」（「週刊読書人」01・12・14）

室井佑月「両ベストセラー　渡辺淳一「シャトウルージュ」・川上弘美「センセイの鞄」の意外共通点！」（「オブラ」02・1）

木原　毅「〈culture windows本〉川上弘美「センセイの鞄」（「新・調査情報」02・1）

――「まっとうな本『センセイの鞄』に涙するバカなオヤジたち」（「週刊朝日」02・2・1）

――「川上弘美「センセイの鞄」に読みふける七十代男と三十代女（ワイド特集どいつもこいつも）」（「週刊文春」02・2・7）

斎藤美奈子「本棚の隙間「バカなオヤジたち」再び　唯川恵『肩ごしの恋人』川上弘美『センセイの鞄』が恋愛小説だなんて、いつ誰が決めたんだ？」（「週刊朝日」02・3・8）

三木卓／川村湊／佐藤洋二郎「〈創作合評〉川上弘美「島崎」」（「群像」02・5）

川上弘美「〈現代ライブラリー　書いたのは私です。〉川上弘美『パレード』センセイとツキコさんは筆が進むなかで恋をつかんだ」（「週刊現代」02・5・18）

清水良典「〈週刊図書館〉「龍宮」川上弘美　フツウの人間と「異形」との遭遇の物語」（「週刊朝日」02・7・12）

榎本正樹「〈新刊小説　Review & Interview〉川上弘美『龍宮』川上文学の魅力が凝縮された〝現代説話集〟」（「小説現代」02・8）

渡辺　保「〈文春ブック倶楽部〉「龍宮」川上弘美」（「文芸春秋」02・8）

荒川洋治「〈文春図書館〉川上弘美『センセイの鞄』ツキコは駅前の一杯飲み屋でセンセイと再会して」（「文芸春秋」02・8）

川上弘美「年譜」（『芥川賞全集第十七巻』文芸春秋、02・8）

小林恭二「無視しあう、ふたつのリアリズム　川上弘美『龍宮』」（「新潮」02・9）

穂村　弘「「幸福なセックス」の破壊　川上弘美『龍宮』」（「群像」02・9）

種村季弘「解説―つまらない女が飼う」（『溺レる』文春文庫、02・9）

山田登世子「〈味読・愛読　文学界図書室〉「無分別」の魅力　川上弘美『龍宮』」（「文学界」02・9）
中島一夫「「豊作」という判断停止―文芸誌新人賞をめぐって」（「週刊読書人」02・11・8）
宮田毬栄「解説」（『いとしい』幻冬舎文庫、03・4）
小平麻衣子「川上弘美と〈食〉―女は、居酒屋で」（「国文学」03・7）
池田澄子「解説」（『おめでとう』新潮文庫、03・7）
五十嵐貴久「〈文春図書館今週の3冊〉川上弘美『光ってみえるもの、あれは』読むだけで懐かしく切なくなる」（「週刊文春」03・10・9）
茂木健一郎「〈午前零時の書斎〉静の一冊　川上弘美『光ってみえるもの、あれは』なんとも言えない風合いで酔わせる異質なものに脅かされる家族の物語」（「週刊読売」03・10・19）
佐藤忠男「〈週刊図書館〉川上弘美『光ってみえるもの、あれは』〝特別な素直さ〟を持つ高校生と大人たち」（「週刊朝日」03・10・24）
佐藤　泉「捉えきることのできない緩やかな時間の幅―現代小説として希有な「詩小説」」（「週刊読書人」03・10・31）
城戸朱里「〈今月の本棚〉「ふつう」であることの絶望と希望　川上弘美『光ってみえるもの、あれは』」（「すばる」03・11）
蜂飼　耳「「あいだ」を見つめる　川上弘美『ニシノユキヒコの恋と冒険』」（「新潮」04・1）
平田俊子「寂しい、切ない　川上弘美『ニシノユキヒコの恋と冒険』」（「群像」04・1）
榎本正樹「〈Book　Review〉川上弘美「光ってみえるもの、あれは」「ニシノユキヒコの恋と冒険」」（「文芸」04・2）
木田　元「解説」（『センセイの鞄』文春文庫、04・9）
三浦しをん「愛おしい時間のなかで　川上弘美『古道具　中野商店』」（「波」05・4）
川上弘美「〈現代ライブラリー　書いたのは私です〉川上弘美『古道具　中野商店』世代も立場も異なった三つの〝恋模様〟の成り行きを」（「週刊現代」05・4・30）
川本三郎「だからさあ、川上弘美の小説って『古道具　中野商店』―川上弘美」（「新潮」05・5）
中島京子「古時計が刻むゆるやかな時間」（「群像」05・6・1）
日和聡子「「古道具　中野商店」川上弘美　古くなることは、あたらしくなること」（「文学界」05・6）

（武蔵野大学大学院生）

川上弘美 年譜

韋 娜

一九五八（昭和三十三）**年**

四月一日東京都文京区に生まれる。父山田晃弘、母好子の間の長女。父は当時東京大学教養学部生物学科の助手で、後に教授となる。

一九六一（昭和三十六）**年　三歳**

米国カリフォルニア大学ディビス校に留学した父親に伴われ、この年の春より三年間を米国で暮らした。

一九六四（昭和三十九）**年　六歳**

夏にアメリカより帰国し、二学期より杉並区立富士見丘小学校第一学年に転入学。

一九六八（昭和四十三）**年　十歳**

四月、四谷の雙葉学園小学校第五学年に転入学。八月、弟善彦誕生。

一九七〇（昭和四十五）**年　十二歳**

四月、雙葉学園中学校に進学。

一九七三（昭和四十八）**年　十五歳**

四月、雙葉学園高等学校に進学。

一九七六（昭和五十一）**年　十八歳**

三月、四谷の雙葉学園高等学校を卒業。四月、お茶の水女子大学理学部生物学科入学。在学中ＳＦ研究会に所属し、同人雑誌「コスモス」の同人として「ぼくのおかあさん」「休日」等の小説を発表し続ける。

一九八〇（昭和五十五）**年　二十二歳**

三月、お茶の水女子大学理学部生物学科卒業。卒業論文ではウニの精子の運動性を研究した。四月、東京大学医科学研究所の研究生となる。二年間の研究生生活と期間を同じくして「ＮＷ‐ＳＦ」（山野浩一主宰）で編集を手伝い、「累々」「双翅目」等の小説も掲載する。

一九八二（昭和五十七）**年　二十四歳**

四月、私立田園調布雙葉中高等学校に理科教諭として着任。

一九八六（昭和六十一）**年　二十八歳**

三月、四年間勤務した田園調布雙葉中高等学校を退職すると同時に、結婚（三月二十三日）。夫川上肇は、大学時代のＳＦ研究会で知り合った仲。四月には夫の転勤により名古屋に移住。教員時代には休んでいた小説の習作を書き始める。

一九八七（昭和六十二）**年　二十九歳**

十月、長男林太郎誕生。

一九八八（昭和六十三）**年**　**三十歳**

六月に兵庫県明石に移る。

一九八九（平成元）**年**　**三十一歳**

九月に神奈川県大和市に移る。

一九九〇（平成二）**年**　**三十二歳**

四月、次男槙二郎誕生。

一九九一（平成三）**年**　**三十三歳**

五月に神奈川県秦野市に移る。

一九九四（平成六）**年**　**三十六歳**

「神様」で、メディアと文学の可能性をひろげることを目論んだ、第一回パスカル短編文学新人賞受賞。七月、「GQ」に掲載。小林恭二の闇汁句会に触発され俳句を始め、ネットの句会に参加するようになる。

一九九五（平成七）**年**　**三十七歳**

「中央公論文芸特集号」春季号に「トカゲ」を発表し、同誌夏季号に「婆」を発表し、秋季号に「墓を探す」を発表。八月、「婆」が第一一三回芥川賞候補となり新鋭作家として注目されるようになる。

一九九六（平成八）**年**　**三十八歳**

三月に、「文学界」に「蛇を踏む」を発表し、「野性時代」に「消える」を発表。八月、「蛇を踏む」で上半期の第一一五回芥川賞を受賞。同時に乃南アサが直木賞を受賞。女性だけのペア受賞は、両賞が制定された一九三五年以来、初めてのことで、話題を呼んだ。八月、「物語が、始まる」「トカゲ」「婆」「墓を探す」を収録した短編集『物語が、始まる』（中央公論社）刊行。九月、「文学界」に「惜夜記」を発表する。「蛇を踏む」、「消える」と「惜夜記」を収録した短編集『蛇を踏む』（文芸春秋）刊行。

一九九七（平成九）**年**　**三十九歳**

八月発表の「さやさや」より、「文学界」誌上にほぼ二～三月に一回のペースで、後に『溺レる』に纏められる短編連載を開始する。十月、初の長編小説である『いとしい』（幻冬舎）を書き下ろしで刊行。十一月より翌年六月まで、後に『神様』に纏められる短編を「マリ・クレール」誌上に毎月連載する。

一九九八（平成十）**年**　**四十歳**

一月、「文学界」に「溺レる」発表。同誌に、四月に「亀が鳴く」、七月に「可哀相」、九月に「七面鳥が」、十一月に「百年」を発表。一月より九九年十二月まで「読売新聞」の書評委員を務める。四月、東京都武蔵野市に移転。同時に西荻寄りに仕事場を用意する。五月、パソコン通信上の俳句の同人誌に連載していた夢日記を纏めた『椰子・椰子』(小学館)刊行。九月、デビュー作「神様」を表題作とした短編集『神様』(中央公論社)刊行。

一九九九(平成十一)**年　　四十一歳**

一月、「文学界」に「神虫」を発表。三月に「無明」を発表。七月より、後に『センセイの鞄』となる短編連作の連載を「太陽」誌上で開始する(翌年十二月まで)。『神様』が、八月には第九回紫式部文学賞を、九月には第九回Bunkamuraドゥ マゴ文学賞を受賞。ダブル受賞、表題作に限ればトリプル受賞として話題を集める。十一月には宇治市で開かれた紫式部文学賞の授賞式に出席する。八月、短編集『溺レる』(文芸春秋)刊行。『蛇を踏む』が文春文庫に入る。九月、『物語が、始まる』が中公文庫に入る。十一月、初のエッセイ集『あるようなないような』(中央公論新社)刊行。

二〇〇〇(平成十二)**年　　四十二歳**

一月、「文学界」に「龍宮」を発表。三月「新潮」に「角形2号」発表。八月同誌に「文鎮」発表。四月より〇四年三月まで「朝日新聞」の書評委員を務める。五月「文学界」に「轟」発表。五月、『溺レる』で第十一回伊藤整文学賞を受賞。六月に小樽市での授賞式に出席する。八月、『いとしい』が幻冬舎文庫に入る。九月、この年で最後となった女流文学賞を『溺レる』で受賞する。「文学界」に「北斎」を発表。十一月、短編集『おめでとう』(新潮社)刊行。十二月「文学界」に「荒神」を発表。

二〇〇一(平成十三)**年　　四十三歳**

一月「新潮」に「海馬」発表。二月「文学界」に「鼹鼠」発表。三月、エッセイ集『なんとなくな日々』(岩波書店)刊行。五月、『椰子・椰子』が新潮文庫に入る。「文学界」に「狐塚」発表。同月七日より「読売新聞夕刊」に初の新聞小説「光ってみえるもの、あれは」の連載を開始する(〇二年三月四日まで)。六月、「東京人」に「第一回の「大福おじさん」を見た。」を発表し、以降長期にわたる「東京日記」の連載を開始する。長編小説『センセイの鞄』(平凡社)刊行。安達千夏他著『Lovers』(祥伝社)に「横倒し厳禁」が収録される。十二月、「小説現代」に「〈酒中日記〉知らないのに知っているひと」を発表。十月、『センセイの鞄』で第三十七回谷崎潤一郎賞受賞。同書はベストセラーとなる。

二〇〇二(平成十四)**年　　四十四歳**

四月、「文学界」に「島崎」発表。「クウネル」に小説「菊ちゃんのおむすび」を発表。五月、『パレード』

（平凡社）刊行。日本文芸家協会編『短篇ベストコレクション―現代の小説・2002』（徳間書店）に「一実ちゃんのこと」が収録される。六月、八つの物語を収録した短編集『龍宮』（文芸春秋）刊行。八月「新潮」に「バス」発表。『芥川賞全集・第17巻』（文芸春秋）に「蛇を踏む」が収録される。九月に『溺レる』が文春文庫に入る。「中央公論」に「〈短編小説〉リリ、夜の公園」を発表。十月、エッセイ集『あるようなないような』が中公文庫に入る。十一月、「クウネル」に小説「ラジオの夏」を発表。本年から〇四年第三十六回までの新潮新人賞の選考委員を務める。本年より、すばる文学賞の選考委員となる。

二〇〇三（平成十五）年　四十五歳

一月、「新潮」に「ペーパーナイフ」発表。「文芸春秋」に「町内10番以内―しあわせについて」を発表。『センセイの鞄』が小泉今日子、柄本明主演で、久世光彦監督によるテレビドラマ化がなされ、二月十六日にWOWOWにより放映。四月、「神様」が『精選国語総合』（明治書院）と『国語総合』（筑摩書房）に、「境目」が『精選国語総合』（筑摩書房）に採録される。また、中島国彦監修大塚隆夫他編著『現代文学名作選』（明治書院）に「離さない」が収録。「小説新潮」に「山口瞳再入門　見つからない旅」発表。五月、「クウネル」に小説「びんちょうまぐろ」発表。七月に、『おめでとう』が新潮文庫に入る。九月、『光ってみえるもの、あれは』（中央公論新社）刊行。「中央公論」に「〈小説シリーズ「夜の公園」その2〉幸夫、小高い丘の頂上」を発表。十一月、「新潮」に「大きい犬」を発表。同月、「小説新潮」等に掲載された連作短編集『ニシノユキヒコの恋と冒険』（新潮社）刊行。「クウネル」に小説「ハッカ」を発表。十二月に、結城信孝編宇佐美游他著『熟れた果実』（徳間書店）に「神虫」が収録される。岩波書店編集部編『動詞的人生』（岩波書店）に「吸う」が収録。「中央公論」に「〈小説シリーズ「夜の公園」その3〉春名、吹かれる川辺の葦」を発表。

二〇〇四（平成十六）年　四十六歳

一月に、「クウネル」に小説「コーヒーメーカー」を発表。「すばる」に小説「風花」を発表。「文学界」に小説「今宵会うひと」を発表。日本ペンクラブ編唯川恵選恋愛小説アンソロジー『こんなにも恋はせつない』（光文社）に「物語が、始まる」が収録される。講談社文芸文庫編『〈戦後短篇小説再発見18〉夢と幻想の世界』（講談社）に「消える」が収録。二月、「新潮」に「セルロイド」発表。同誌に、四月に「ミシン」」、六月に「ワンピース」」、八月に「丼」、十月に「林檎」」、十一月に「ジン」」発表。三月に、「クウネル」に小説「ざらざら」発表。「中央公論」に「〈小説シリーズ「夜の公園」その4〉暁、白い曇った窓」を発表。四月二十四日、前記TVドラマ「センセイの鞄」がフジTVで再放映された。五月、「クウネル」に小説「月世界」を発表。六月、「中央公論」に「〈小説シリーズ「夜の公園」その5〉リリ、水を湛えた器」を発表。日本文芸家協会編『犬のため息―ベスト・エッセイ2004』（光村図書出版）に「町内十番以内」が収録。日本文芸家協会編『短篇ベストコレクション―現代の小説・2004』（徳間書店）に「えいっ」が収録。七月、「クウネル」に小説「トリスを飲んで」を発表。九月、『センセイの鞄』が文春文庫に入る。『Teen age』（双葉社）に「一実ちゃんのこと」が収録。「クウネル」に小説「ときどき、きらいで」を発表。「中央公論」に「〈小説シリーズ「夜の公園」その6〉幸夫、頬を伝う雨粒」を発表。十一月、「クウネル」に小説「オルゴール」を発表。十二月に、「中央公論」に「〈小説シリーズ「夜の公園」その7〉春名、嵐の海」を発表。『ゆっくりさよならをとなえる』が新潮文庫に入る。

二〇〇五（平成十七）年　四十七歳

一月、「新潮」に「パンチングボール」（連作完結）を発表。「クウネル」に「山羊のいる草原」を発表。「家庭画報」に「匂いの記憶　睦月　どんど焼」を発表。同月、日本ペンクラブ編川上弘美選恋愛小説アンソロジー『感じて。息づかいを。』（光文社文庫）刊行。「可哀想」を収録。二月、「文学界」に「真鶴1回」を発表。三月、「中央公論」に「〈小説シリーズ「夜の公園」その8〉暁、重なる息」を発表。四月、連作長篇『古道具中野商店』（新潮社）を刊行。「離さない」が『現代文2』（大修館書店）に採録される。六月、「オール読物」に「ちょっと、おハナシ、させてクダサイ。あなたハ、愛ヲ、信じますカ」を発表。八月五日から八月二十一日まで、「センセイの鞄」が、東京渋谷Bunkamuraシアターコクーンで音楽劇の形で舞台化された。久世光彦の演出と coba の音楽、そして沢田研二と坂井真紀の主演で、脚本は山岸きくみ、振付は南流石が担当した。東京公演の他に、八月二十五日から二十八日までは神戸で、九月二日から四日までは名古屋でも上演された。九月、『東京日記　卵一個ぶんのお祝い。』（平凡社）刊行。十月、エッセイ集『此処彼処』（日本経済新聞社）刊行。

（武蔵野大学大学院生）

現代女性作家読本 ①
川上弘美
発　行――二〇〇五年一一月二〇日
編　者――原　善
発行者――加曽利達孝
発行所――鼎　書　房　http://www.kanae-shobo.com
〒132-0031　東京都江戸川区松島二-一七-二
TEL・FAX　〇三-三六五四-一〇六四
印刷所――イイジマ・互恵
製本所――エイワ
表紙装幀――しまうまデザイン
ISBN4-907846-32-0　C0095

現代女性作家読本（全10巻）

原　善編「川上弘美」
髙根沢紀子編「小川洋子」
清水良典編「笙野頼子」
与那覇恵子編「髙樹のぶ子」
髙根沢紀子編「多和田葉子」
川村　湊編「津島佑子」
与那覇恵子編「中沢けい」
清水良典編「松浦理英子」
原　善編「山田詠美」
川村　湊編「柳美里」